AF169846

Gegen jeden was dabei!

Essays für alle Lebenslagen
von Günter Leitenbauer

Foto Titelseite: © Günter Leitenbauer

Die Kobra wurde im Reptilienzoo Nockalm mit freundlicher Unterstützung von Peter Zürcher (Inhaber) aufgenommen. Immer einen Besuch wert!

www.reptilienzoonockalm.at

Vorwort des Autors

„Alles Chimäre, aber mich unterhalt's!"

Das sagte Nestroy schon vor vielen, vielen Jahren im Lumpazivagabundus – und er hatte Recht! Was kann schöner sein, als über frei erfundene Charaktere und Begebenheiten zu lachen? Leute, die durch irgend ein Ereignis in ihrem Leben in eine soziale Schieflage geraten sind und sich dort verfestigt haben? Also *„Originale"*, denn so nennt man diese Leute dann im Allgemeinen.

Die Geschichten in diesem Buch handeln von genau solchen, durchwegs frei erfundenen Typen (auch die Namen der Personen, Ähnlichkeiten sind wirklich rein zufällig und unbeabsichtigt) und sind alle sehr kurz und abgeschlossen. Damit ist dieses Buch der ideale Begleiter für sowieso jede Gelegenheit. Man hat es am Kindle oder als Druck in der Jackentasche (daher das kleine Format). Ist die Arbeit, die Schule, die Vorlesung, die Besprechung oder die Ehefrau (oder der Ehemann) einmal fad oder nervt sie gar, dann nimmt man diesen kleinen Helfer heraus, liest eine Geschichte – und ist wieder guter Dinge!

Oder man verkürzt sich damit die Wartezeit beim Arzt (dazu gibt es übrigens auch ein, zwei kurze Geschichten in diesem

Buch, zu kurz für die üblichen Arztwartezeiten, fürchte ich! Das ganze Buch, nicht die Geschichten.)

An alle Ärzte: Legt euch bitte dieses Buch ins Wartezimmer. Lachen ist nämlich heilsam! Also nur wenn ihr wollt, dass eure Patienten gesund werden, natürlich! Was aber im Sinne einer langfristigen Kundenbindung erstrebenswert wäre. Die beste Cashcow ist ja nicht der tote Patient, sondern derjenige, der regelmäßig mit Kleinigkeiten zu euch kommt, nicht wahr?

Der Anwendungsmöglichkeiten sind viele denkbar für so einen Dekameron der Moderne (sorry lieber Giovanni Boccaccio)! Auch wenn es keine hundert Geschichten sind sondern nur drei Dutzend. Ich muss mir ja für eine Fortsetzung auch noch etwas aufheben, oder?

Die Erzählperspektive in der Ich-Form habe ich gewählt, weil man sich so besser in die Figuren hineinversetzen kann. Mir ist klar, dass es wieder welche geben wird, die alles für bare Münze nehmen werden. Leider bin ich nicht ansatzweise so cool wie manche der Figuren in diesem Büchlein, seufz!

Am Ende habe ich noch einen gutgemeinten Rat für euch: Zwei Fehler dürft ihr nämlich bitte nie machen, liebe Leser:

Erstens solltet ihr nie zu jemandem sagen: *„Schau, der (die) in diesem Buch ist genau wie du!"* Das kann (und wird vermutlich auch) gehörig in die Hose oder ins Röckchen gehen, je nachdem ob ihr eine modern gekleidete Frau oder ein traditioneller Schotte seid.

Zweitens empfehle ich dringend, von einer Nachahmung abzusehen. Aus ganz ähnlichen Gründen. Das Buch ist übrigens definitiv politisch inkorrekt. Wütende Mails könnt ihr euch also sparen, ich weiß das auch so und ändern tut's eh nichts! Und gegendert wird hier auch nicht!

Nehmt das Buch als das, was es ist und als was es gedacht war: Spaß und Zeitvertreib!

Dieses Werk wäre übrigens erstens viel weniger unterhaltsam aber dafür zweitens viel reicher an Fehlern, wenn mir nicht wieder, wie schon bei den Dumpfling-Romanen, meine Lektorin Doris Rettenegger so viele wertvolle Hinweise und Anregungen zu den Geschichten gegeben hätte. Herzlichen Dank, Doris!

Danke auch an alle jene, die mir absichtlich oder unabsichtlich Stoff für diese Geschichten geliefert haben. In den ganz wenigen Fällen, wo die Essays allzu nahe an der Realität waren, habe ich ihre Namen natürlich geändert.

Günter Leitenbauer, Juli 2016

Inhalt

Vorwort des Autors 4
Das Sporttagebuch 12
Elternsprechtag 20
Meine Handtasche 28
Urlaubserlebnisse 34
Vegane Eskalation 40
Wienausflug 45
Geh zum Homöopathen! 52
Zehe Sache! 58
Moderne Kunst 63
Weiberstammtisch 67
Beim Arzt 74
Drah Di net um! 80
Einschulung – ein Tatsachenbericht 84
Da bleibt dir der Mund offen! 88
Eh so derrisch! 95
Hashtag #missverstaendnis 100
Kalenderspruchtragödie 104
Raindrops 110
Pyjamagate 114
Alptraum eines Schreiberlings 119
Der Tag danach 123
Bedienung! 128
Das Entscheidungsspiel 138

Scoville	142
Der schöne Heinrich	147
Heimwerkerprofi	153
Parcouring	158
Rowdy-Gaudi	161
Öffi fahren	165
Samstagvormittag	170
Die Stellung	176
Zivi	183
Der (ein-)gebildete Kranke	190
Katzenjammer	194
Am Stock	199
Ich bin doch kein Pedant!	204

*„Charaktere ohne Handlungen sind lahm,
Handlungen ohne Charaktere blind."*

Hugo von Hofmannsthal
(1874 – 1929)

Das Sporttagebuch

Fünfzig! Das ist ein geiles Wort, wenn hinten „tausend" dranhängt, vorne ein Plus ist und es den Kontostand beschreibt, aber nicht, wenn die alle dazu gratulieren kommen. Leute, die du seit zehn Jahren nicht gesehen hast, als wenn sie sich daran ergötzen würden, dass du jetzt auch zum Club der Halbtoten gehörst. Richtig scheiße wird es, wenn du nach dreimaligem Öffnen der Haustüre beim vierten Mal deine Söhne schicken musst, weil du der sportlichen Anstrengung, die dreiundzwanzig Schritte von der Couch bis zur Tür – ja, hab's gezählt, braucht keiner zu lachen – nicht gewachsen bist.

Da kannst du nur froh sein, wenn du geschieden bist, denn nach so einem Abend samt drei Achterln Wein dann auch noch die Frau zufriedenzustellen, würde sowieso nur dein Krankenkassenkonto belasten und einen Arzt aus dem Wochenende reißen. Alter! Da muss was geschehen!

Das ist der Moment, wo in der Barbara Karlich Show – schau ich das jetzt echt? Mann! – die Lösung präsentiert wird. *„Fit sein ist keine Frage des Alters!"* als Thema. Ja klar, wer ist im Alter auch fit? Die Frage stellt sich ja gar nicht. Also?

„Sport! Sie müssen Sport treiben!"

Okay, das meinte der Arzt bei der letzten Gesundenuntersuchung, die ich ja regelmäßig alle zehn bis zwanzig Jahre mache. *„Ihre Kondition entspricht der eines Fünfzigjährigen!"*, sagt er. Cool, oder? Du golfspielendes Opfer! Gut nur, dass ich mich nach fünfzehn Jahren immer noch an den Wortlaut erinnere. Bin also zumindest noch nicht dement!

Morgen fang ich mit Sport an. Und damit das alles seine Ordnung hat, wird peinlich genau Tagebuch geführt, wie sich das gehört!

Sporttagebuch

Sonntag, das Datum tut nichts zur Sache.

Wecker klingelt um Nullsechshundert. Hab' das blöde Ding seit Freitag immer noch nicht zurückgestellt, aber gut so, Frühsport ist am gesündesten. Und die Blase drückt sowieso. Beine raus geschwungen, aufs Klo gestolpert (warum ist das Gleichgewichtsgefühl nach dem Aufstehen immer wie nach einer halben Flasche Scotch? Ja, ja ist ja gut, aber die war doch schon gestern, die halbe Flasche), gepisst wie ein zwanzigjähriger Marine nach einer dreitägigen Sauftour, erste sportliche Betätigung: Hechtsprung zurück ins Bett. Das Laufen läuft mir nicht davon. Haben sowieso die Schlitzaugen erfunden, *„Tscho ging"*, das klingt ja schon so chinesisch.

Nullsechshundertzwei: Eingeschlafen. Träume vom Laufen. Ob das Kalorien verbrennt? In zweihundert Metern kommt das stark ansteigende Stück, aber …

Nullsechshundertfünf: Die Weckwiederholung weggedrückt. Danke für die Rettung vor dem Bergstück.

Nullsechshundertsechs: Drehung nach links. Rechts kann ich sowieso nicht einschlafen. Da macht die Nase immer zu, seit ich mal im Rausch gegen den Türstock am Klo gestolpert bin.

Nullsechshundertzehn: Drehung nach rechts, Weckwiederholung weggedrückt. Zweimal noch, die App macht das eh nur fünfmal. Aufwand ist so geringer als beim Öffnen der Augen und deaktivieren, weil die scheiß Brille im Wohnzimmer liegt, vermutlich neben der leeren Scotchflasche. Hoffentlich! Also die Brille, wenn die Flasche nicht leer ist, wär' das super.

Nullsechshundertvierzehn: Warte mit der Hand über dem Handy darauf, dass das Ding gleich wieder *„Good Day Sunshine"* von den Beatles spielt. Brauche dringend einen neuen Weckrufton. Das hält ja keiner aus. Nase schon wieder voll. Eine Minute kann lang sein, Hand wird schwer. Früher habe ich volle Maßkrüge eine Minute gestemmt, jetzt reichen schon zu lange Fingernägel, dass ich sie nicht mehr oben halten kann. Muss echt was tun!

Nullsechsfünfzehn: Endlich. Weckruf nach nullkommanulleiner Sekunde weggedrückt. McCartney brachte nichtmal das *„Gu"* ganz raus. Reflexe sind also noch ok.

Nullsechsneunzehn: Siehe bei Nullsechsvierzehn.

Nullsechszwanzig: Den letzten Weckruf weggedrückt, noch schneller als vorhin. Dafür bin ich jetzt wach. Shit! Liege bis nullsiebendreiundzwanzig wach im Bett und wälze mich herum. Wenn man einschlafen will, klappt das sowieso nie. Ich weiß das seit Jahren und beweise mir immer wieder, dass es stimmt, indem ich versuche, mir das Gegenteil zu beweisen. Okay, scheiß drauf, raus aus den Federn und – hey, Sport hat Vorteile! Spart die Morgendusche, bei der das Wasser immer fast zwei Minuten braucht, um warm zu werden. Geduscht wird nach dem Sport, am besten vollbadmäßig.

Nullsiebenvierundzwanzig: Ab in die Laufdress. Wenn ich sie finde. Okay, Tennishose muss auch reichen. Reichen tät sie, aber nicht ganz um die Hüfte. Hat wohl irgend eine durchgeknallte Jippijaeeeh-Heimwerkermotte nachts im Kasten enger genäht. *„Von uns kommt die Nadel, von dir der Schweiß!"*. Ach, leckt mich!

Nullsiebenvierundvierzig: Endlich ein akzeptables Sportoutfit gefunden. Altes T-Shirt, Tennissocken, leider beim Hochziehen am Bund gerissen, sieht man aber nicht bei der langen Schlabberbaumwolljogginghose mit gnädigem Gummibund. Mieft ein wenig, naja, wurde lange nicht ausgeführt. Morgen wird eingekauft. Volle Adjustierung, damit das Laufen auch Spaß macht. Für heute muss das reichen.

Nullsiebenachtundvierzig. Am Weg zu den Laufschuhen über den Kühlschrank gefallen. Okay, eigentlich eher darüber hergefallen. Hab' ja mal gelesen, dass die Gefahr einer Unterzuckerung beim Laufen nicht unterschätzt werden sollte. Ich begegne diesem Gesundheitsrisiko mit drei Stück Geburtstagskuchen, Sacher mit Schlag (noch von gestern da) und einem Reparaturseiterl gegen den Kater. *"Laufen Sie dem Kopfweh davon!"*, hat meine Ex-Ärztin gesagt. Die verkehrt wohl in anderen Kreisen als ich. Sollte mal mit den beiden Johnnies einen Abend verbringen, Johnny Walker und Johnny Ohne, dann ist maximal Walken drin, von der Couch zum Klo und zurück, aber ohne Davonlaufen. Außer vor der Sauerei am Häusl, vielleicht.

Nullachthundert: Wer sagt's denn. Die abgelatschten Laufschuhe endlich mal zweckgebunden an den Füßen. Beschließe zum Fitnesscenter zu laufen, und zwar die ganze Strecke. Dort dann knallhartes Probetraining. Der Nachbar, der das Center hundert Meter von meinem Zuhause eröffnet hat, hat es mir schon lange mal angeboten. Der hat sogar am Sonntag offen, wahrscheinlich kommt er mit seinen aufgeblasenen Schultern nicht mehr durch die Tür, die angeberische Dumpfbacke.

Nullachthundertfünf: Am Ziel. Tür offen, klar. Ich trete ein, es riecht nach neuen Geräten. Dieser eigenartige Gummigeruch, ihr kennt das. Mein Nachbar ist allein und freut sich oder tut zumindest so, er geht mit mir zu einem Hometrainer. Alter, ich will Krafttraining machen, *"Ja"*, sagt er, *"aber zuerst aufwärmen!"* Hab' ich doch schon, erkläre ich ihm, bin gelaufen bis eben. *"Ok, meint er, dann Bauchmuskelübungen auf der Matte."*

Nullachthundertsieben: Hab' doch tatsächlich zwei Situps geschafft. Die Jogginghose ist gar nicht so blöd, da kann man sich dran hochziehen. *„Noch zehn, dann Pause."*, meinte er, *„Dann nochmal zwölf."* Er geht raus, vermutlich rauchen, der heimtückische Pharisäer. Ich mach noch zwei Situps, dann stehe ich auf. Er kommt rein. *„Klar, schon fertig, was dachtest du denn?"*, antworte ich auf seine Frage. *„Ok, Bankdrücken als nächstes."* Das kenn ich. Das kann ich. Er stellt das Gewicht ein, legt sich hin, drückt ein paar Mal, sieht alles ganz easy aus. Ja, ja, klar, nicht reißen, ganz ruhig, weiß ich doch. Wir tauschen.

Nullachthundertdreizehn: *„Alter, mach die Sperre raus, oder willst du mich verarschen?"* Was, da ist keine Sperre drin? Ich schau auf das Gewicht: 140! Der wollte mich wirklich verarschen. Er setzt es auf 100 zurück, ich schaffe drei Wiederholungen. Ist doch nicht schlecht für den Anfang, hundert Kilo, oder?

Nullachthundertneunzehn: Ich überlege, ob ich ihn umbringen soll, als er mir sagt, das seien keine Kilogramm sondern Pfund, entscheide mich mit einem Blick auf seinen Bizeps aber dafür, nochmal Gnade vor Recht ergehen zu lassen. Weil Sonntag ist.

Nullachthundertzweiundzwanzig: Beinpresse. Er zeigt es wieder vor, wir tauschen, er löst den Hebel, ich sitze da, gefaltet wie ein japanisches Origami, und bin überrascht, wie weit man in meinem Alter noch die Beine anziehen aber dann nicht mehr ausstrecken kann. Ich drücke, was das Zeug hält, aber außer einem mächtigen Furz kommt dabei nicht viel raus. Das mit dem Begleitmaterial des Furzes verschweige ich euch.

Nullachthundertsechsundzwanzig: Er hat wohl doch etwas gerochen, weil er meint, er müsse jetzt leider weg, ob ich nicht morgen nochmal kommen wolle? Klar, Flachwichser, wenn du mir sagst, wie ich jetzt aus der Beinpresse komme, geht das in Ordnung!

Nullachthundertsiebenundzwanzig: Er hilft mir heraus, ich stehe auf. Zumindest war das der Plan. Mein Rücken beschließt aber, das mit dem Aufstehen vorerst auf Eis zu legen, beziehungsweise eher auf Schmerz. Er dreht mich in eine sitzende Position, und das erste Mal schwitze ich wirklich. Vor Aua. Veritabler Hexenschuss! Er ruft den Notarzt.

Nullachthundertsechsundvierzig: Die Rotkreuzflaschen haben für die zwei Kilometer vom Stützpunkt neunzehn Minuten gebraucht, der Zivildiener kaut noch an seiner Leberkäsesemmel, als er hereinkommt. Pech, Alter, der Appetit wird dir geruchstechnisch gleich vergehen. Ausstrecken und hinlegen klappt nicht, also setzen sie mich in diesen Tragerollstuhl und tragen mich die Treppe runter. Das erste Mal seit Jahren freue ich mich über mein minimales Übergewicht.

Nullachthundertachtundfünfzig: Wir fahren los. Das Unfallspital wird per Funk avisiert. Als wir dort ankommen, niese ich. Warum müssen die Scheißkerle auch mit offenen Fenstern fahren?

Nullneunhundertsiebzehn: Der Arzt haut mir reichlich unsanft irgend so ein Cortisonjaukerl in den Rücken. Alter, das tut beschissen weh! Warum er dazu eine Maske tragen muss, weiß ich nicht. Ob mich jemand abholen kann? Nein, geht schon. Das Zeug wirkt ja Wunder! Ich stehe auf, Schmerzen fast weg. Aber sie könnten mal lüften. Was? Ah ok, werden sie dann eh, wenn ich weg bin. Hatschüss!

Zehnnullelf: Keine Kohle in der Tasche, schon das zweite Taxi hat mich nach ein paar hundert Metern rausgeworfen. Waren beides Türken, meinten, ich stinke ihnen zu sehr. Wohl lange nicht mehr zuhause gewesen, in Anatolien, was? Und bei meinem Geruch jetzt wohl Heimweh bekommen? Kein Taxi mehr in Sicht, obwohl das die Hauptstraße ist. Haben wohl die Kollegen gewarnt, die beiden. Sieben Kilometer bis nach Hause, was tun?

Dreizehnfünfundvierzig: Ich steh' vor meiner Haustüre. Ich bin die ganze Strecke durchgelaufen, hab' geschwitzt wie eine Sau. Johnny Walker rinnt überall raus. Aus meinen Poren und unten aus der Jogginghose. Doppelt gebrannte Sonderedition quasi. Kein Wunder, dass einen sogar die besten Freunde verlassen wollen, wenn man so viel Sport treibt. Merke, dass ich den Haustürschlüssel im Spital vergessen habe.

Dreizehnsiebenundvierzig: Hab' glücklicherweise für solche Fälle eine Reserve in der Gartenhütte. Prost Johnny!

Elternsprechtag

Morgen ist der Elternsprechtag in der Mittelschule. Hasse ich! Freitagnachmittag, da haben alle Zeit zu haben. Okay, ich arbeite freitags normalerweise bis vier, habe also meine Söhne die Termine bei den Lehrern ab 16:30 eintragen lassen. Alle fünf Minuten ein Termin, so machen die das seit Jahren. Sind eh nur zwei – einmal die Biolehrerin, sozusagen zum Aufwärmen und beruhigen, weil ich da mal mit meinen Schlangen in ihrem Unterricht war und einen Stein im Brett habe, und dann die junge Deutschtussi, das wird sicher lustig. 16:55 Uhr Bio, 17:35 Uhr Deutsch. Das geht sich aus.

Noch schnell zwei Teller Knoblauchsuppe am Abend, die Germanistikkanaille soll ja was davon haben. Und nach dem Essen noch das Europacupsemifinale, wie immer ohne österreichische Beteiligung, also entspannt zum Zusehen, dann ab in die Heia.

Heute bestelle ich zum Mittagessen Cevapcici mit extra Zwiebeln, sozusagen als infanteristische Speerspitze mit der Knoblauchkavallerie in der Hinterhand. Überlege mir schon, welche Wörter mit „H" ich verwenden könnte.

Sagte ich schon, dass ich Elternsprechtage hasse?

Fahre um 16:05 vom Büro nach Hause. Schnell in die Elternsprechtagekluft gesprungen. Die Lederjean mit den Nieten und den Riemen an der Seite, dazu das Shirt mit dem Totenkopf und den Nietengürtel mit der extragroßen Schnalle nicht vergessen. Nieten passen gut zu diesem Anlass, denke ich, haha. Springerstiefel mit der rasselnden Kette angezogen und die alte Lederjacke mit dem *„Rumbling Rhino"* Emblem auf der Rückseite dazu. Bin ja in einer Bikertruppe. *„Rumbling Rhinos"*. Auf unseren Vespas haben wir Nashornhörner montiert. Echt geil. Meine Söhne weigern sich mitzukommen. Auch gut, das müssen sie eh nicht sehen. Andererseits – sie sollen was fürs Leben lernen, also rein mit ihnen ins Auto. Okay, okay, ich bin kompromissbereit und verzichte auf das Piratentuch. *„Papa, lass uns 100 Meter vor der Schule raus, okay?"* Kommt nicht in Frage, ich geniere mich ja nicht für euch zwei kleine Spießer, sage ich.

Wir sind um 16:50 bei der Schule, kein Parkplatz, außer dem vom Direktor. Wenn der leer ist, ist der also schon zuhause, oder? Klar kann ich da stehenbleiben, Jungs. Sie schütteln den Kopf. Vierzehn Jahre und keine Nerven. Da waren wir anders. Wir fuhren mit den Autos der Lehrer spazieren, wenn die den Schlüssel stecken gelassen hatten.

Um 16:54 Uhr stehe ich vor der Tür der Biolehrerin. Vor mir sieben Leute. Typisch! Können es nicht erwarten, die Arschkriecher und sind alle viel zu früh da. Tür geht auf, ich will rein, krieg sofort verbal von einer Gucci-Mama eine vor den Latz gespielt: *„Ich bin die Nächste! Schauen Sie auf die Liste, Frau Huber hat etwas Verspätung, wir warten alle!"* Tatsache, die Tussi hat wirklich den Termin um 16:30. Hatte. Ich lasse meine Springerstiefelkette rasseln, sehe sie scharf an und ...

sie geht einfach rein. Komisch, funktioniert sonst immer, dieser Drohgebärdenbluff. Ich sehe ihr nach. Vermutlich hat sie eine Bonbonniere für die Lehrerin in ihrer Markenhandtasche. Weiber! Na dann eben warten.

Sagte ich schon, dass ich Elternsprechtage hasse?

Ich schalte mir meine Elektrozigarette an und paffe gemütlich vor mich hin. Wenn schon warten, dann mit Stil. Das dauert keine zwei Lungenzüge, da hüstelt eine Louis-Vuitton-Alte. Ich frage sie, ob sie mal ziehen will? Nein, eh nur an der Zigarette! Sie dreht sich entrüstet um. Dauert wieder nicht lange, dann kommt auch schon der Direktor angetrabt. Also ist er doch da, das würde mich nur interessieren, wo der parkt. Mit dem bin ich vor einem Jahr schon mal aneinandergeraten, als nach meiner Scheidung einer meiner Jungs ein paar Fehlstunden hatte, weil er Asthma hat. Na gut, es waren 300 Fehlstunden, aber Asthma ist eben scheiße, wenn du eine Allergie auch noch hast. Der Rex – alle Direktoren fühlen sich ja als Könige, daher passt „Rex" – hat mir einreden wollen, dass das psychosomatisch ist und mir eine Therapie empfohlen, damit ich mit der Scheidung besser zurechtkomme und meinen Frust nicht auf das Kind projiziere. Alter! Frust? Wohl noch nicht geschieden, Herr Seelsorger! (Ist ja ein katholisches Gymnasium). Hab' ihm dann noch geraten, einen Führungskurs zu besuchen, damit er die Pausenaufsicht endlich in den Griff kriegt und sich die Kleinen nicht mit den Stühlen in der Klasse die Schädel einschlagen, während seine Lehrer im Konferenzzimmer Kaffee in sich hineinschütten. Vermutlich mit Cognac, aber das kann ich schlecht beweisen, meinte ich. Seitdem mag er mich nicht mehr. Keine Kritikfähigkeit der Gute! Am Schulschluss schenkte ich ihm als Friedenszeichen eine Flasche Cognac und eine Packung Kaffee.

Wo sind eigentlich meine Söhne? Ah, die hauen sich gerade mit anderen Jungs die Sessel um die Ohren. Also alles in Ordnung, kein Grund sich Sorgen zu machen. Höchstens um die Stühle. Billiges Massenzeugs, das Ministerium muss sparen, damit sie sich die Kampagne für das Umtexten der Bundeshymne leisten können, die Schergen um die Frau Minister Hymnisch-Hosek.

Das mit dem Rauchen ginge hier gar nicht, meint der Rex. Ich seh mich um: *„Raucht ja keiner, oder?"* Und erkläre ihm dann, dass das mein Inhalationsgerät ist, wegen Asthma und so. Da kriegt er einen hochroten Kopf und rauscht ab. Ich rufe ihm noch nach, dass das mit den Terminen schon besser klappt als im Vorjahr, da hätten wir um die Zeit 50 Minuten Verspätung gehabt, heuer nur 35. Gratulation! Geht doch, wenn man will!

Er mag mich jetzt sicher noch mehr als vorher. Ich hatte schon immer ein sehr einnehmendes Wesen.

Noch fünf Leute vor mir. Ich muss das reduzieren, sonst schaffe ich den Termin bei der Deutschtussi nicht. Ich geh also an die Obersupermami mit den Designerklamotten ran und hauche ihr aus zehn Zentimetern den Knoblauch ins Gesicht: *„**Ha**, **he**ute **ha**ben wir ja **he**ftig Verzug. **He**rrlich! **Ho**ffentlich **ha**ben alle **hi**er keine Termi**hhhh**ne me**hhhhh**r!"* Sie hält sich die

Hand vor den Mund und zwitschert in Richtung Toilette ab. Insgeheim hoffe ich, sie kotzt sich auf ihr Jil Sander Kostüm, die angepasste Spießernudel. Ja, der chinesische Knoblauch kann was! Gibt's beim Hofer, aber nicht immer. Scheiß auf die CO^2 Bilanz, da kann der einheimische Knofel nicht mit!

Den nächsten Typen – neben mir der einzige Vater hier – kenne ich. Stellvertretender Vorsitzender des Arschkriechervereins, also offiziell Elternvertreter. Chefin ist dort natürlich eine Frau Doktor. So eine standesamtlich promovierte. Dem Schlipsträger pinkle ich jetzt auch mal ans Bein, indem ich ihm sage, was ich vom Einsammeln von Kohle für ein Weihnachtsgeschenk für die Frau Klassenvorstand halte. Die wird eh für ihren Job bezahlt, eigentlich sind die Kinder die Kunden und sie die Dienstleisterin, also soll besser SIE den Kindern was schenken, oder? *„Ihr seid alle **Hosenscheißer**!"*, reibe ich ihm aus zwei Zentimetern samt Knoblauchodeur um die Nase. Nur noch drei vor mir.

Sagte ich schon, dass ich Elternsprechtage hasse?

Hinter mir reden sie über mich. Aber das kümmert mich nicht, weil jetzt die Tür aufgeht, und ich mich einfach vordränge und reingehe. Ist der Ruf erst ruiniert, lebt sich's fortan ganz ungeniert, nicht wahr? Ich murmle ein *„Dauert nur eine Minute!"*, und ärgere mich drüber, dass ich mich gerade völlig unnötigerweise gerechtfertigt habe. Daran muss ich noch arbeiten!

Die Biolehrerin mag mich, deshalb verschone ich sie mit „H-Wörtern". Ich kam damals mit meinen Schlangen in ihren

Unterricht, sollte zehn Minuten die Tiere herzeigen und hab dann den Kindern eine ganze Stunde Fragen beantwortet und sie die Tiere anfassen lassen. Sie saß da und lächelte. Passt eh alles bei den beiden, sagt sie. Und ich: *„Danke. Die Schleimerfraktion draußen ist eh schon unruhig, ich hau besser wieder ab, okay?"* Sie lacht, ich gehe. 17:30, perfekt. Ab in den zweiten Stock zur Deutschmadam.

Bin um 17:33 dort, na was sag ich euch? Acht Leute vor mir! Davon sechs mit Terminen vor meinem, zwei Streber mit Terminen nach meinem. Bin also quasi die Strebergrenze. Darüber muss ich dann auch mal nachdenken.

Ich beschließe, zu warten. Das Vergraulen stresst irgendwie. Da kommt auch schon wieder der Rex angetrabt, wenn man bei diesem Schleichgang von Traben reden kann. *„Gehört jemandem das Fahrzeug mit der Nummer WL-123-HH?"*, fragt er. Mir fällt auf, dass ich eigentlich eine coole Knoblauchautonummer habe. Keiner rührt sich. Bis auf die vorhin knoblauchtechnisch vertriebene Jil-Sander-Tante, die sieht jetzt ihre Stunde gekommen: *„Das ist doch Ihr Wagen, oder?"*, rächt sich die Petze bei mir. Der Rex sieht mich auffordernd an. *„Nö, gehört mir nicht. Ist ein Firmenfahrzeug."*, antworte ich wahrheitsgemäß. Und dass der Parkplatz laut Grundbuchsauszug, Katastralnummer soundso der Schule gehört, also *„mein Parkplatz"* aus Sicht des Direktors nicht zutrifft. Er sieht lustig aus mit offenem Mund, aber den Dreier sollte er sich mal richten lassen. Ob ich ihm meine Zahnärztin empfehlen soll?

Er hätte wegen mir jetzt 400 Meter entfernt parken müssen, zischt er mir aus der kleinen, unschönen Zahnlücke zwischen Zweier und Dreier zu. Ich antworte, ja, das ließe sich vermeiden, wenn man die Termine mit zehn Minuten Intervallen ansetzte statt mit fünf, dann wären nämlich nur halb so viele Eltern zur selben Zeit da. Und damit könnten die Lehrer ihre Zeit in der Schule auch gleich etwas näher an das Stundensoll heranbringen, oder? Ein anderer Vater grinst verhalten, dreht sich dabei aber feige um. Die restlichen Schleimermuttis entrüsten sich, dass ihre Kostüme nur so rascheln und zittern. So lange ihre Kinder in der Schule sind, loben die immer die Lehrer und kuschen, geschimpft wird erst danach. Ich mach' das lieber umgekehrt.

Sagte ich schon, dass ich Elternsprechtage samt Eltern hasse?

Ich freue mich jetzt aber auf die Deutschlehrerin. Der habe ich mal ein wenig in ihr Konzept gepinkelt, als ich ihre Schularbeitskorrektur korrigiert habe. Mein Sohn schrieb in einem Aufsatz in der ersten Klasse: *„Der Hund biss den Mann ins Bein."* Die Pflaume, frisch von der Uni, besserte es ihm aus in: *„Der Hund biss den Mann im Bein."* So ein Schwachsinn! „beißen" war schon immer und ist noch immer transitiv. Ich strich also mit Grün durch, was sie mit Rot ausgebessert hatte und schrieb dazu: *„Sie beißen ja auch in **die** Gurke und nicht in **der** Gurke, oder?"* Wobei ich natürlich nicht weiß, was die mit ihrem Pantoffelhelden zuhause macht. Jedenfalls bekam ich vom T-Rex eine Warnung, dass eine Schularbeit ein amtliches Dokument sei, wo man nicht herumkritzeln dürfe, was ich mit einem Mail beantwortete: *"Es wäre schon allen sehr geholfen, wenn die Lehrer keinen Blödsinn hineinkritzeln würden."*

Wo sind die Jungs schon wieder? Ah, da vorne. Baggern beide die gleiche, hübsche Rothaarige aus der Parallelklasse an. Bin stolz auf meine Jungs, ja, ganz der Papa! Wenn ich ehrlich bin, diesbezüglich viel erfolgreicher als es der Papa je war.

Punkt Sechs Uhr, ich geh rein. Sie sieht mich und läuft rot an. *"Heiß hier!"*, sage ich, *"da kriegt man ja sofort einen roten Kopf!"* Eigentlich ist die Kleine ja recht hübsch. Scheint ein wenig zugenommen zu haben, oder sie ist schwanger. Ich überlege, ob ich sie anbaggern soll, entscheide mich knoblauchtechnisch dann aber dagegen und frage sie nur, wann es so weit ist und ob sie schon weiß, was es wird?

Die restlichen vier Minuten fallen nicht viele Worte. Drei Minuten Sprachlosigkeit ihrerseits verhindern das. Die Jungs stehen auf einem Dreier (Hier passt der Dativ, „auf einen Dreier stehen" wäre was ganz anderes, denke ich, sage es aber nicht. Ich weiß, ich bin auch schon sehr feige geworden), sagt sie mir, der meiner Meinung nach eher ein 1-2 wäre, aber irgendwie mag sie wohl unsere ganze Familie nicht. Naja, man kann es nicht allen recht machen, da kann man sich noch so bemühen und zusammenreißen.

Ich gehe also raus, kratze meine Jungs von der Rothaarigen runter, und dann fahren wir heim.

Sagte ich schon, dass ich Elternsprechtage hasse?

Meine Handtasche

Wir Männer machen uns ja immer über den Inhalt dieser obszön großen Handtaschen lustig, die unsere Frauen mit sich herumschleppen. Das ist eigentlich im höchsten Grade unfair! Wer hat denn das Heftpflaster in der Handtasche, wenn wir uns unterwegs verletzen? Nun? Richtig! Unsere Frau! Zwar in der anderen Handtasche, der, die zuhause auf dem Garderobenkastl liegt, aber immerhin! Und wen fragen wir um Papiertaschentücher, wenn wir mal wieder im Auto vor Aufregung Nasenbluten bekommen, weil der huttragende Wappler vor uns keine Meter macht und schon beim fünften Grünblinken auf die Schleife springt? Richtig! Unsere Frau fragen wir!

Also habe ich versucht, mich in die Psyche einer Frau zu versetzen, um das Mysterium „Handtascheninhalt" endlich zu enträtseln. Das war schwierig! Ich hatte in dieser Psyche mit meiner simplen Mentalität einfach zu viel Platz und fühlte mich anfangs ganz verloren in den unendlichen Weiten des weiblichen Gehirnkosmos. Da ist alles mit allem verbunden und doch so weit voneinander entfernt. Das ist nicht wie im männlichen Schachtelgehirn. Wir Männer haben in unserer Denkzentrale ja lauter kleine Boxen. Und da kann immer nur eine zur selben Zeit offen sein. Entweder wir lesen Zeitung ODER wir reden. Entweder wir schauen fern ODER wir bügeln. Wenn wir eine Schachtel aufmachen, wird die aktuell offene von einem fundamentalen (da steckt ja schon das Wort

„mental" drinnen) Sicherheitsmechanismus geschlossen. Das hindert uns daran, verrückt zu werden.

Frauen sind da anders. Da können hunderte Gedankenschachteln zugleich offen sein, ohne dass etwas Schlimmes passiert. Im Gegenteil – das ist bei ihnen der Normalzustand. Sie richten den Kindern das Frühstück, fragen sie daneben, ob sie eh das Deutschheft eingepackt haben, nehmen das geschwindelte *„Ja"* wortlos zur Kenntnis und sich vor, das Heft nach dem Frühstück dem Kind dann lieber selbst in die Tasche zu packen, hören mit einem Ohr den Wetterbericht im Radio, damit sie die Kinder mit der richtigen Kleidung aus dem Haus schicken, schreiben sich gedanklich den Einkaufszettel und erinnern sich nebenbei noch daran, dass heute die silbernen Heels den letzten Tag im Sonderangebot sind.

Wen wundert es da, dass es in ihren Handtaschen genauso aussieht wie in ihrem Gehirn? Nur der Dumme hält nämlich Ordnung, das Genie überblickt das Chaos!

Aber mit der Zeit gewöhnt man sich daran, wie eine Frau zu denken. Das hat mir mein Selbstversuch gezeigt. Und darum erkläre ich euch jetzt, was eine Frau in ihrer Handtasche so mit sich herumschleppt und warum:

So! Die Kinder sind aus dem Haus, ich muss einkaufen gehen. Danach schnell Sandra anrufen, damit sie mit in das Schuhgeschäft geht. Alleine Schuhe kaufen geht gar nicht, und mein Alter drückt sich da wie immer erfolgreich um seine Pflichten!

Welche Tasche? Hmmm – die große, wildlederne heute. Passt zur Bluse und den Schuhen, zu den Jeans sowieso. Schnell umräumen. Hausschlüssel für die Hintertür, das passiert mir nicht noch einmal, dass ich bei der Haustüre nicht reinkomme, weil der Fingerabdrucköffner nicht funktioniert, wenn ich vom Regen nasse Hände habe. Mein Mann der Technikfreak. Typisch! Immer das neueste Zeugs muss er haben, und nichts funktioniert!

Geldtascherl. Jössas, hätte ich jetzt fast vergessen. Liegt in der Küche, weil ich den Kindern das Taschengeld gegeben habe. Hat er auch wieder einmal vergessen. Der kann sich keine zwei Dinge merken, direkt ein Wunder, dass er beim Essen nicht erstickt, weil er zugleich auch noch atmen muss! Na ja, so wie der das hinunter schlingt, was ich stundenlang mühsam gekocht habe, ist das mit dem Atmen gar nicht mal so sicher.

Der Lippenpflegestift. Heute wird es heiß, da trocknen meine empfindlichen Lippen so schnell aus. Lippenstift auch noch, kann ja im Schuhgeschäft nicht ohne rein, wenn ich vorher vielleicht einen Apfel gegessen habe. Ah, den Apfel auch gleich hinein, wer weiß, ob ich einen biologischen bekomme beim Hofer. Ui, der von voriger Woche ist noch drin. Keine Zeit, den jetzt raus zu geben, den werfe ich unterwegs weg. Was macht die Kartoffel da? Außer austreiben? Sachen gibt es ...

Papiertaschentücher sind eh noch drinnen. Zum Abtupfen des Lippenstifts brauche ich aber neue. Wo ist jetzt mein Handy?

Rein damit. Sandra muss ich dann sicher nochmal anrufen, die hat ein Gedächtnis wie mein Ehemann!

Hm, den Kugelschreiber tausche ich jetzt besser aus. Der passt farblich nicht zur Bluse. So! Oh mein Gott, der Kalender. Was wäre ich ohne meinen Kalender! Das mit dem Handy, daran gewöhne ich mich nie. Mein Alter sagt immer, da kann man eh alles speichern und notieren. Ja, sehe ich eh. Wenn das Handy ihn nicht erinnert, scheißt der glatt in die Hose, weil er aufs Klogehen vergisst! A propos. Klopapier. Ah, eh noch drinnen. Schaut aber schon ein wenig zerfleddert aus. Naja, da wo es landet, ist das wurscht, oder?

Mal sehen, ob da noch Pflaster drinnen sind. Das war vielleicht blöd letztes Mal, als ich mich an den Scherben in der Parfumerie geschnitten hatte, wie mir das Probeflascherl entglitten ist, weil ich die Hände vorher eingecremt gehabt hatte. Genau, die Handcreme nicht vergessen! Rissige Hände sind total unsexy und der neue Verkäufer im Schuhgeschäft ... Kondome! Um Gottes Willen, wer will in meinem Alter noch schwanger werden? Da kannst du nicht nachher einfach widersprechen wie in Facebook, das ist der Gebärmutter total wurscht, die erinnert dich neun Monate später trotzdem dran, mit wem du da was geteilt hast. Das Bett zum Beispiel.

Wo ist das Ausweistascherl? Da ist alles drin, mein halbes Leben quasi! Personalausweis, Mitgliedskarten meiner diversen Geschäfte, Clubs und Vereine, Blutgruppennachweis, Impfpass, Menstruationskalender, Mondkalender, Adressenre-

gister, Notfallnummern, Eintrittskarten vom Museumsbesuch im Urlaub vor vier Jahren, 87 Visitenkarten, Zahnarztbonusheft und die letzte Korrespondenz mit der Krankenkasse.

Das Kosmetiktäschchen darf im Täschchen natürlich genauso wenig fehlen heute wie die Haarbürste. Wegen des neuen Verkäufers, hihi! Hmm, da könnte ich einen Ersatzstring auch gleich reinlegen, für alle Fälle. Es wird ja heiß heute und möglicherweise auch ein wenig feucht, hihi! Na, legen wir die Plüschhandschellen auch rein, wer weiß, wozu man die brauchen kann? Dafür kann der kleine Vibsi raus, ach nein, der stört ja nicht!

Das Kandisin! Um Gottes Willen, das wäre schlimm gewesen! In meinem Lieblingscafe hatten sie letztens nur Zucker, das geht gar nicht, wegen der Linie, wegen des neuen Verkäufers. Ah, da wären Pfefferminzbonbons auch nicht schlecht. Oh, eh noch drinnen. Ich bin aber manchmal schon ein wenig schlampig, tztztz!

Den Regenschirm krieg ich jetzt nicht mehr rein, aber es ist eh schön heute. Zur Sicherheit die Regenhaut, die passt locker noch in die Tasche. Schönes Wetter heißt auch immer staubiges Wetter. Die Fusselbürste für die Bluse muss daher auch rein.

Und der Pfefferspray! Man weiß ja nie! Heutzutage laufen Leute rum, das ist schon sehr bedenklich. Aber da kommt er bei mir an den Falschen, weil ein kleines Messer habe ich auch drin. Da fließt Blut mein Lieber! Ah, Blut – jetzt hätte ich die

Tampons fast vergessen. Irgendwie hatte ich zwar schon zwei Jahre keine Regel mehr, aber mit 52 kann man doch noch nicht im Wechsel sein, oder? Und die Kopfwehtabletten auch noch hinein.

So! Jetzt haben wir alles. Neiiiiin! Die Zigaretten und das Feuerzeug fast vergessen! Und den Reparaturstift für das Auto, falls mir wieder ein kleiner Puserer passiert, damit mein Alter es nicht gleich merkt. Der hat dafür einen siebten Sinn. Sonst merkt er eh nichts, aber wehe, ein klitzekleiner Kratzer ist am Kotflügel, das riecht er regelrecht! Große Kratzer auf meinem Rücken sieht er nie. So gesehen ist mir das eh lieber. Wo sind jetzt meine Zigaretten? Aus? Na, schau ich mal in seiner Jacke nach, der hat immer welche.

Ein Wahnsinn, was Männer in ihren Jacken alles herumschleppen! Da wird doch das Futter kaputt! Ah, da sind die Zigaretten. Und ein Kondom? Da werden wir am Abend mal ein Wörtchen reden müssen, mein Lieber!

Jetzt habe ich aber alles! Was? Schon so spät? Mein Gott! Warum dauert das Zusammenrichten bei uns Frauen immer länger als bei Männern? Ich verstehe das nicht!

Urlaubserlebnisse

Endlich Urlaub! Und was für einer! Irland steht auf dem Programm, mit meinen Söhnen. Das ist ein tolles Land, wirklich! Da gibt es jeden Tag jede Jahreszeit mindestens ein Mal. Wobei „Sommer" dort für fünfzehn Grad und etwa vier Windstärken steht und Winter für zehn Grad und acht Windstärken. Regnen tut es sowieso immer irgendwie und irgendwie nie lange.

Weil das meinen Jungs zu weit zum Autofahren ist, machte der Papa eine Konzession: Wir fliegen nach Dublin und nehmen uns ein Mietauto. Sonst vermeide ich aus Umweltgründen ja das Fliegen, irgendwie kotzen sich die Passagiere da immer die Seele aus dem Leib. Zumindest die, mit denen ich beim Flug über die letzten Abstürze diskutiere. Mache ich jetzt nicht mehr, weil zuletzt deswegen eine Maschine umdrehen musste, nachdem ein junger Mann komplett ausflippte, als ich ihm aus *„Alive"* vorlas, diesem Buch über den Absturz in den Anden, wo sich danach die Passagiere gegenseitig auffraßen.

Auch der Sicherheitscheck lief diesmal ohne zweistündige Verzögerung, den Witz mit der Fotojacke und dem Aufnäher *„explosive"* mache ich nie wieder, versprochen Jungs! Ist außerdem nicht lustig, wenn einem alle Körperöffnungen abgesucht werden. Jedenfalls nicht, wenn das ein Zweimetertyp macht. Beim vorletzten Mal war es eine hübsche Schwarzhaarige, das ist ganz was anderes!

Also war der Hinflug unproblematisch, wenn auch lustig. Beim Einsteigen lächle ich die Flugbegleiterin der Air Lingus an (nein, Sonderservice zungentechnischer Art gehört nicht zum Angebot, die irische Fluglinie heißt einfach so), und bitte sie, mir ein Glas Wasser und ein Aspirin zu bringen, aber bitte erst nach dem Start, also gleich wenn die Anschnalllichter ausgehen. „*Oje, Kopfschmerzen?*" meinte sie auf Englisch, was ich mit einem akzentlosen „*Yes!*" bejahe. Ich spreche gut English, really!

Dann setzen wir uns also hin, Flieger hebt ab, ich habe diesmal einen Dreitonner neben mir (ich komme immer neben solchen Zniachteln zu sitzen), dem habe ich keine Horrorstories erzählt, was einem harmonischen Start sehr zuträglich war.

Die Anschnalllichter gehen aus, ich stehe auf und spreche (in perfektem Englisch, aber ich habe es euch hier übersetzt) in die Öffnung der Klimaanlage (!): „*Könnte ich bitte ein Wasser und ein Aspirin haben?*" Alle schauen mich an, als wäre ich komplett gestört oder würde zumindest das erste Mal fliegen. Als die Stewardess kurz darauf das Zeug bringt, bestellen den ganzen Flug über alle Passagiere über die Klimaanlage und wundern sich, dass nichts kommt. Auf diverse Fragen meine ich nur: „*Vielfliegerbonus!*" Man muss solche Kleinigkeiten ja nicht ausschlachten. Dem Dicken neben mir verrate ich dann in einem Anflug von Mitgefühl doch noch meinen Trick, der eigentlich gar nicht meiner ist. Den habe ich von Dr. Roman

Szeliga, einem Humoristen. Ich hoffe, er verzeiht mir den Klau. *„Das mache ich nächstes Mal auch!"*, meint der Dicke noch.

Als wir durch eine Gewitterwolke fliegen, wackelt es ein wenig. Ich seh' also beim Fenster raus und stelle in meinem sachlichsten Ton gegenüber der Dampfwalze neben mir fest: *„Oh, der Pilot hat jetzt auf Flügelschlagen umgestellt. Das machen die sonst eigentlich nur in absoluten Notsituationen."* Er sieht mit schreckgeweiteten Augen ebenfalls hinaus und bemerkt, wie die Tragflächenenden im Sturm tatsächlich heftig auf und ab wackeln. Zwei Minuten später habe ich mein vorlautes Mundwerk auch schon bereut. Unglaublich, was dicke Männer kotzen können! Es ist jetzt überhaupt ziemlich ruhig im Flieger. Bei einem Sturm in 10000 Meter Höhe beten die Leute ruhiger und andächtiger als zur Christmette in der Kirche, das habe ich schon oft bemerkt. Da geht der Anteil an Atheisten drastisch zurück! Nur meine Söhne jubeln bei jedem Luftloch und haben ihre Hetz', wenn es sie aus den Sitzen hebt und der Gurt sie am Hochhüpfen hindert. Nein Jungs, nicht wieder aufmachen, habt ihr die Platzwunde vom letzten Mal schon vergessen?

Doch es geht alles gut, Landung, Applaus – es dürften viele Urlauber in dieser fliegenden Hutschachtel sitzen – Checkout, ab zum Autovermieter.

Der Urlaub selbst war ziemlich ereignislos, aber wunderschön. Relativ viele Autofahrer auf der falschen Straßenseite, aber daran gewöhnt man sich. Man fährt dann eben auch auf der linken Seite, das tat ich dann auch ab dem dritten Tag, und ab da war das Fahren stressfrei und angehupt wurde ich auch nicht mehr, nur noch bei roten Ampeln.

Killarney, am Ring of Kerry gefiel uns besonders. Da sind etliche kleinere Seen, saukalt wie alles in Irland, selbst das Essen, aber sehr schön. Und überall liegen größere und kleinere Felsen im Wasser, aber keine zackigen, nein, schöne runde. Meine Söhne hüpften immer von einem Felsen zum anderen, die sind da sehr geübt und fallen selten ins Wasser.

Die deutsche Touristin, deren Sohn mit meinen gewettet hat, wer es zwischen den beiden ziemlich weit auseinander liegenden Steinen ohne Zwischenwasserung schafft, war dann ein wenig sauer, weil sie die zweihundert Kilometer zurück nach Limerick mit einem tropfnassen Kind fahren durfte, aber selber schuld, kein Mitleid. Die Piefke glauben einfach immer, sie können alles besser als die Ösis. Stimmt ja auch, zumindest in einem acht Grad kalten irischen See ein unfreiwilliges Bad nehmen, das können sie wirklich besser.

Das mit dem Englisch ging auch super. Man muss nur im österreichischen Dialekt reden. Als ich beim Frühstück Butter wollte und in perfektem Oxford-English um „Batter" bat, kam nichts. Dreimal versucht. *„Ah, Ju mien Bouttter!"*, meinte dann der Ire. Ab da redete ich einfach Deutsch und bekam, was ich wollte. Vor allem urdeutsche Wörter wie *„Whisky"* und *„Pizza"* verstehen dort alle.

Doch auch der schönste Urlaub geht einmal zu Ende, und nach einer dreistündigen Autofahrt zurück nach Dublin, sitzen wir nun am Flughafen. 13:00 Uhr, der Flieger geht um 16:25 Uhr, noch eine Menge Zeit also. Jedenfalls genug für ein Guinness oder zwei. Die schmecken in Irland anders, anderes Rezept, hab's gegoogelt und war mir dann nach dem vierten auch sicher, dass das stimmt, bevor ich einschlafe.

Und um 16:02 Uhr aufwache. Scheiße! Das wird knapp! Söhne gepackt und ab zum Checkin. Freundliche Leute vor mir, etwa hundertfünfzig, die zu einem späteren Flug einchecken. Sie lassen uns alle vorbei, als sie meine Panik und die Kinder sehen. Kinder sind da praktisch. Keiner hält Kinder auf, wenn man sich panisch vordrängt.

16:16 Uhr, Sicherheitskontrolle. Gürtel raus, darauf bestehen sie, Handgepäck aufs Band, Hose festhalten und durch.

16:22 Uhr. Ich haste mit meinen Jungs zum Gate. Keine Zeit, den Gürtel wieder einzufädeln. *„Papa, kommen wir zu spät?"* Das sind genau die Fragen, die du da hören willst! Aber um 16:25 Uhr sind wir beim Gate. *„Closed"* steht da. Ich schlage die Hände über dem Kopf zusammen, die Hose rutscht runter, die Stewardess ... äh Flugbegleiterin meint: *„Sie würden wohl alles tun, um noch mitzufliegen, oder?"* Ich bejahe und sie lässt uns lachend noch durch.

Um 16:28 Uhr betreten wir die fliegende Hutschachtel. Gemurre unter den Passagieren. Die mussten nur wegen uns warten, alle sehen uns an. Ich sehe den Dicken sitzen. Der meckert am lautesten von allen. Und das, nachdem ich am Hinflug so nett zu ihm gewesen war. Diesmal sitzt er wenigstens nicht neben mir.

Ich schnappe mir die Flugbegleiterin und frage sie, ob der vollschlanke Typ vielleicht Aspirin und Wasser bestellt hat? Sie bejaht mit einem fragenden Blick, warum ich das weiß. Ich kläre sie auf, was es damit auf sich hat. Sie grinst, wenigstens ist sie mir jetzt nicht mehr böse, wobei wohl auch der Zwanziger Trinkgeld da etwas mithalf.

Dann heben wir ab, die Anschnalllichter gehen aus, und der Dicke steht auf und spricht irre laut und deutlich in die Klimaanlage, dass er bitte ein Wasser und ein Aspirin möchte.

War wohl nichts. Den Rest des Fluges ist er die Lachnummer, und wir haben unsere Ruhe.

Vegane Eskalation

Okay, ich bin omnivor. Ihr wisst nicht, was das ist? Allesfresser heißt das. Carnivore, das wären die reinen Fleischfresser. Ich bin omnivor. Bekennend! Na und? 90% der Menschen essen auch mal Fleisch. Was ist daran verwerflich? Vielleicht die Kombination aus Ernährungsgewohnheiten und einem angeborenen Drang zu provozieren? Könnte man auch Unangepasstheit oder Originalität nennen, und mit 50, also an der Grenze zur Vergesslichkeit und kurz vor der medizinisch erzwungenen Nutzung eines Tscha-Tscha-Wagerls darf ich das, oder?

Ja, stimmt, man müsste nicht in ein veganes Restaurant gehen, wenn man gern Fleisch isst, und nach Durchsicht der Speisekarte fragen, ob man hier auch etwas zu essen bekommt oder warum die Kellnerin mir nicht die Karte sondern eine Einkaufsliste eines Gartenbaumarkts gebracht hätte. Was ich dann natürlich erst näher erklären musste, was wiederum dem an sich guten Schmäh die Pointe total versaut hat. Versaut? Verzeihung, das war jetzt nicht vegan ausgedrückt.

Ich bestelle also ein Bier, was in diesem Restaurant offensichtlich auch nicht ganz en vogue ist, die trinken alle Karottensaft aus biologischem Anbau. Direkt gepresst. Wie soll man den auch sonst pressen? Schaut aus wie Kaninchenpisse das Zeug, obwohl ich noch nie Kaninchenpisse gesehen habe, aber so stelle ich es mir halt vor. Die Kellnerin bringt mir ein Seiterl. Na klass! Ob sie mich nicht verstanden hätte, frage ich, ich hätte ein Bier bestellt und da fängt die akzeptable Dosis bei einer Halben an. Alles andere sei reine Homöopathie, und ich wäre aber ein Verfechter der Schulmedizin. Der nächste Fehler!

Die Kellnerin wird jetzt langsam ein wenig ungehalten. Sie wären hier ein gehobenes Restaurant, meint sie, wenn ich einen halben Liter Bier will, sollte ich besser zum Würstelstand am Eck gehen. Ich nehme das zur Kenntnis, ohne die Auflage, dass sie mich Fleischessen schickt, zu verwerten und bestelle gleich noch zwei Seiterl und frage, ob sie liebenswürdigerweise eine Glasvase hätte? Sie bringt beides, fragt mich, wozu ich die Vase bräuchte? Na Mädel, das zeige ich dir gleich. Ich kippe die drei Seiterl in die Vase und habe jetzt endlich eine Mass. Wäre doch gelacht! Nicht mit mir!

Sie ist derart sprachlos, dass jeder Protest ausbleibt. Ich proste ihr freundlich lächelnd zu und bestelle den Ruccolasalat. Ob ich Parmesan dazu haben könnte? Ja, ich weiß schon – ist nicht vegan, aber sie weiß nicht, dass ich das weiß und klärt mich darüber auf, dass Milchprodukte von Kühen stammen und die Ausnutzung der Tiere der veganen Philosophie widerspräche. Fräulein, sage ich, ich bin hier um zu essen. Wenn mir der Kopf nach Philosophie steht, lese ich Kant. Der war übrigens kein Veganer, gell?

Sie geht kopfschüttelnd in Richtung Küche und blinzelt der jungen Frau am Nebentisch mit einem Ausdruck zu, der wohl Mitleid für mich ausdrücken soll. Die junge Frau am Nebentisch hatte ich gar nicht gesehen. Hab' da so einen eigebauten Anti-Alternativ-Filter. Wenn eine Frau Schuhe mit Absätzen unter 8 Zentimetern trägt, wird sie für mich unsichtbar. Aber jetzt frage ich die Dame freundlich, ob das eine echte Rindslederhandtasche ist, wirklich schön und bestimmt teuer, sage ich, außer wenn es ein Sri Lanka Fake ist. Kinderarbeit hat schon was, macht die Dinge erschwinglich! Mit einem Ausdruck von entsetzter Abschätzigkeit mustert sie mich und meint nur: Natürlich sei das Kunstleder und keinesfalls Kinderarbeit!

Ja, sage ich, Kunstleder ist ja auch billiger. Da haben Sie schon Recht. Aber Leder ist einfach Leder, schauen Sie sich mal meine Boots an – echtes Schweinsleder, von einer glücklichen Sau. Jetzt an einem glücklichen Fuß, der da drin glücklicherweise nicht schwitzt. Sie dreht sich entrüstet um, holt ihre B12 Vitaminsupplementpillen aus der Kunstlederhandtasche und würdigt mich keines weiteren Blickes. Jep, sage ich, B12 ist wichtig. Kriegt man halt nur über Fleisch. Oder eben über überteuerte Pillen, die aus Rindsleber gemacht werden.

Die Kellnerin bringt den Ruccolasalat. Um ehrlich zu sein: Schmeckt wirklich gut mit diesem Öl, aber es fehlt was. Ich stehe auf, murmle ein „bin gleich wieder da" und lasse die Hirschlederjacke hängen, damit keiner glaubt, ich würde die Zeche prellen, gehe schnell zur Tür raus und die fünf Schritte zum Würstelstand. Nach zwei Minuten betrete ich das Restaurant mit einer Eitrigen, extralarge, mit einem Buckel und etwas g'schissenem Senf, wie sich das gehört, setze mich an den Tisch und esse genüsslich den Salat, der dazu mit seiner bitteren Note wirklich gut passt.

Ich esse schnell, wie immer, und das ist mein Glück, weil keine drei Minuten später die Kellnerin mit der Chefin des Restaurants an meinem Tisch steht und mich ziemlich unhöflich ersucht, sofort das Lokal zu verlassen.

Ich bin natürlich total konsterniert und schockiert und frage sie, ob ihrer Meinung nach Menschen oder Tiere mehr wert seien? Die Antwort warte ich nicht ab. Weil als Mensch, sage ich ihr, muss ihr mein Wohl über das der Tiere gehen, rein deduktiv geschlossen, also unter Anwendung philosophischer Logik. Männlicher Logik, also wirklicher Logik!

Sie geht darauf nicht ein, hat wohl eine neurolinguistische Ausbildung wie der Hofer, sondern grummelt etwas von *„Polizei holen, wenn ich nicht sofort gehe"*.

Das ginge nicht, erkläre ich ihr, weil ich das Essen und das Bier erst dann zahle, wenn ich damit fertig bin und andererseits ein Gehen ohne Zahlen Zechprellerei wäre. Da müsste sie mir schon schriftlich bestätigen, dass ich eingeladen gewesen wäre und also ihr Gast im Sinne des Wortes, dann gerne!

Die anderen Gäste entrüsten sich auch schon ein wenig. Am Nachbartisch muss sich sogar der Mann einer ziemlich fein angezogenen Dame künstlich entrüsten. Der ist sicher kein Veganer, mit dem habe ich gestern am Würstelstand über den van der Bellen diskutiert, da war er aber mit einer jüngeren Frau dort. Ich nicke ihm zu. „*Hallo! So sieht man sich wieder. Erinnern Sie sich, wie wir und ihre Tochter gestern bei Ihrer Käsekrainer und meinen Frankfurtern über Politik diskutiert haben?*" Er sinkt in sich zusammen. So Scheißer, jetzt erklär das mal deiner Alten!

Die Chefin hat sich das mit der Polizei anscheinend doch noch einmal überlegt. Na, was hätte ich auch verbrochen? Noch ist Fleisch essen ja nicht verboten. Sie legt mir einen Zettel mit der von mir gewünschten Bestätigung hin, ich nehme noch einen großen Schluck aus der Vase und gehe.

Ja, denke ich, ich muss öfter vegan essen gehen. Das macht Spaß und ist eigentlich recht preisgünstig!

Wienausflug

Manchmal reitet mich der Teufel. Nein, keine Angst, das wird jetzt nichts Anzügliches, außerdem bin ich geschieden. Was ich meine ist, manchmal muss ich – will ich – es einfach wissen!

Also fahre ich mit meinem alten Ford Escort, Baujahr irgendwann kurz nach der Entdeckung Amerikas, noch so ein Auto mit einer der letzten, schwarzen Nummerntafeln mit einem großen „O" am Anfang, nach Wien. Springt sogar an die Karre, kein Wunder, kommt ja auch völlig ohne Elektronik und Computer aus. Irgendwo im Kofferraum liegt da für Notfälle sogar noch eine Handkurbel, hat mal ein Freund zu mir lachend gesagt, als er mir seinen neuen SUV vorführte. Hab' dann, als er bei mir am Klo war, ein bisschen auf seinem Autoschlüssel herumgedrückt. Als er wieder heimfahren wollte, machte der SUV nur „*Klick!*", als er auf den Startknopf drückte. Kein Motorengeräusch. Hab' bewundernd geäußert, wie leise der Motor doch sei und ihm dann mein Handy gegeben, damit er den ÖAMTC anrufen konnte. Der kam auch nach zwei Stunden, zerlegte den Schlüssel und resettete ihn, worauf der SUV dann tatsächlich wieder ansprang. Diebstahlschutzwegfahrsperre wegen Schlüsselmanipulation, das mache 70,- EUR oder eine ÖAMTC Mitgliedschaft, meinte der freundliche, gelbe Mann. Schon eine tolle Sache, sagte ich zu meinem Freund, wenn man so einen Defekt einfach durch Knöpfchendrücken reparieren kann, ich müsste dazu in die Werkstatt – wenn mein Escort denn einen Defekt hätte.

Mein Freund hat mich dann lange nicht besucht. Dem ÖAMTC ist er jedenfalls jetzt beigetreten. Glaube ich halt.

Aber das wollte ich euch heute gar nicht erzählen. Also ich fahre mit dem alten, knallroten (jedenfalls dort, wo man die Farbe noch erkennt) Escort auf dem Bandl (das ist die A1 für alle Nichtösterreicher) in die Hauptstadt. Rot ist eine super Farbe für Autos, Rostrot wäre noch besser, aber man kann nicht alles haben. Irgendwo nach Linz packt mich der Ehrgeiz, ich schalte in den vierten Gang (mehr hat er eh nicht, den Ralleygang verwende ich nach einem veritablen Motorschaden bei 120km/h nicht mehr) und hau mich mit 75km/h auf die dritte Fahrspur. Ich öffne das Schiebedach mit der Handkurbel, etwas Luxus muss schon sein, und genieße die wilde Freiheit, als mir der Wind durch die Haare fährt, jedenfalls durch die paar verbliebenen. Nach drei Minuten beginne ich zu niesen und schließe das Schiebedach wieder. Verdammte Allergie! Das habe ich doch früher immer ausgehalten? Wir hätten die Pollen nie in die EU lassen dürfen! Um mich nicht total zu verkühlen, setze ich meinen Hut auf. Ist noch von meinem Opa, so ein fescher Steirerhut mit falschem Gamsbart. Passt jetzt nicht so recht zu meinem Death Metal Sweatshirt, aber zumindest werde ich nicht krank. Ein wenig Crossover schadet nicht, oder?

Was will der Benz da hinter mir? Der blinkt die ganze Zeit. Ich kontrolliere, ob alles in Ordnung ist, finde nichts, zucke mit den Schultern und gehe etwas vom Gas. Nur nichts riskieren. Der Benz zieht nach rechts und überholt mich. Da sitzt so ein Yuppietyp am Steuer. So einer von der Sorte, wo der Friseur mehr kostet als mein ganzes Auto noch wert ist. Er zeigt mir den Mittelfinger. Kein Problem, für sowas habe ich vorbereitete Schilder am Beifahrersitz. Ich nehme das passende und halte es hoch. Ich glaube, er hat verstanden, was ich meine, weil er vor mir nach links schneidet und dann kurz auf die Bremse steigt, um mir mit den Bremslichtern seine Entschuldigung zu signalisieren, bevor er wieder Gas gibt. Na also, geht doch!

Ich rolle also mit knapp 70 auf der Überholspur Richtung Wien und finde, es wäre Zeit für etwas Musik. CD Player hat das alte Ding keinen, aber noch ein Cassettenautoradio. Leider geht die einzige Cassette nicht mehr raus, was die Musikauswahl etwas einschränkt. Ich drücke also den Playknopf und drehe Steppenwolf voll auf. *„Get your motor runnin' / Head out on the highway / Looking for adventure / In whatever comes our way!"*

Das rockt! Der Rest der Cassette ist scheiße, aber Steppenwolf hatte eben nur diesen einen Hit. Ich kurble trotz Verkühlungsgefahr das Beifahrerfenster runter, damit auch die anderen Autofahrer ein kleines Stück von meiner wiedergewonnenen Rockerfreiheit mitbekommen, wozu ich mich ziemlich rüberbeugen muss, was dem Geradeausfahren nicht sehr förderlich ist. Eine alte Omi, sicher mindestens Mitte Vierzig, überholt mich rechts, schaut entgeistert herüber und sieht keinen am Steuer, weil ich ja grad mit dem Oberkörper am Beifahrersitz liege, auf einem Schild mit der Aufschrift „Lass deinen Mittelfinger dort, wo er sich wohlfühlt!". Würde zu gern wissen, was die Omi ihrem Mann heute Abend erzählt: *„Ferdl, heute habe ich ein uraltes Geisterauto überholt. Das fuhr ohne Lenker auf der Überholspur und aus dem offenen Fenster kam Teufelsmusik! Geschlingert hat es auch furchtbar. Ich hatte solche Angst, du weißt doch, dass wir uns kürzlich diesen Film angesehen haben, nach dem Stephen King Roman, mit diesem Mörderauto!"*

Die Omi schaut jetzt, dass sie Meter macht, haha!

Weiter geht's!

Hinter mir trötet eine Hupe, dass es mich fast aus meinem Sitz hebt. Gerade, wo ich ein wenig eingedöst wäre! Ich schau in den mit Tesaband montierten Rückspiegel – es gibt fast nichts, das man mit Tesaband nicht reparieren könnte, außer kaputte Wegfahrsperren – und sehe einen LKW von der Sorte „Road Train", ein wahres Monster der Landstraße. Würde glatt die Sonne verdunkeln, wenn ich nicht gerade Richtung Osten unterwegs wäre. Vor allem, weil er mir praktisch auf der Stoßstange klebt. Na Alter, dann machen wir mal ein kleines *„Hallo wach!"*, okay?. Ich schalte also mal kurz das Nebelschlusslicht ein und sehe mit Freude, dass der LKW voll auf die Schleife springt und Abstand gewinnt. Okay, ein wenig geschlingert hat er jetzt schon, aber: Lesson learned, buddy!

Weiter geht's Richtung Wien. Ein herrlicher Tag! Und kurz vor St. Pölten bildet sich ein Audi A8 ein, er müsste meine Nummerntafel aus einem Meter Entfernung lesen und hätte zu wenig Umgebungslicht dazu, weshalb er voll aufblendet. Ich entschließe mich, zur Abwechslung einmal nicht die Nebelschlusslichterziehungsmethode anzuwenden, sondern greife auf den Rücksitz, wo noch die Polizeischildkappe vom letzten Fasching liegt. War eine Riesenhetz damals, als wir um ein Uhr nachts nach dem Gschnas voll besoffen in das Planquadrat fuhren, ich als Bulle verkleidet und der Polizist uns einfach weiterwinkte. Seitdem habe ich die Kappe immer am Rücksitz liegen.

Der Audi sieht die Kappe auf meinem Kopf, fällt zurück und ordnet sich brav rechts ein. Na geht doch!

Eine Viertelstunde später stehe ich hinter einem BMW auf einem Parkplatz. Der Kappentrick ist ja gut, aber nicht bei Zivilstreifen! Die mögen das irgendwie gar nicht. Im Laufe des Gesprächs kommen der Bulle und ich aber drauf, dass wir zusammen in der Schule waren und ich ihn mal gedeckt habe, als er in der ersten Einheit statt Leibesübungen beim Rollschuhwirt gesessen hatte, auch eine Art Sport, oder? Hat da mit der hübschen, neuen Kellnerin Leibesübungen gemacht, jede Wette! Da hatte ich jetzt aber richtig Glück gehabt, er lässt mich fahren, wenn ich meine geliebte Kappe in den Mistkübel werfe und ihm verspreche, das Pickerl bald mal zu machen. Ja klar, sicher, bin ja gerade am Weg in die Werkstatt! Dass ich das mit dem Pickerl seit zwei Jahren erfolglos versuche, behalte ich für mich.

Eine halbe Stunde später bin ich in Wien. Irgendwie kommst du in Wien überall problemlos hin, wenn du immer die breitere Straße nimmst, weshalb ich jetzt bei der Kreuzung am Währinger Gürtel stehe und in meine dreißig Jahre alte Straßenkarte gucke, jedenfalls in eines der nicht mit einer Mischung aus Kaffee, Cola, Butter, und Maccaroni mit Käse zusammengeklebten Blätter. Eigentlich wollte ich ja in den Prater, irgendwie stimmt die Richtung nicht. Ich rätsle also während die Ampel auf Rot steht, dann Grün und dann wieder Rot wird. Was die in Wien hupen, das ist ein Wahnsinn, denke ich mir, als jemand an die Scheibe klopft. Ich kurble sie runter. *„Ja bitte?"*

Der Taxler – sein alter Benz steht hinter mir – schlägt einen für Wiener Verhältnisse relativ gemütlichen Ton an: *„Hearst G'schissener mit deiner Erdäpfelnummer, war ka Farb für di dabei?"*, was wohl eine Anspielung auf mein „O"-Kennzeichen und die vergangenen Ampelphasen sein sollte.

Ich packe mein ganzes Wienerisch aus, das ich aus einem Onlinewörterbuch gelernt habe, und meine: *„Du Wappler, hau di üba de Heisa. Glaubst i steh zur Gaudi da, Oida? Moch Meta, du Nudlaug!"*

Hat er leider verstanden. Sind also doch noch nicht alle Taxler Inder. Wir einigen uns dann auf 50 Euro dafür, dass er mir nicht die Visage poliert und auf 50 weitere, dass er mir vorausfährt, weshalb ich dann doch noch zu meiner Stelze im Schweizerhaus komme, die ich mit zwei Halben genieße, was ein wenig gedauert hat, weil die in Wien nicht wissen, dass das „Halbe" und nicht „Krügerl" heißt, vor allem, wenn der Kellner aus der Slowakei kommt.

Von der Heimfahrt erzähle ich euch ein andermal, ich muss noch schnell in den Kostümverleih, eine neue Kappe besorgen. Bin auch ein wenig angefressen, nein nicht von der Stelze, obwohl die auch ganz schön groß war. Es war nämlich eine eher unangenehme Sache, meinen Freund mit dem SUV anrufen zu müssen, damit er mich holt, weil mein Escort leider in Auhof den Geist aufgegeben hat. Dafür habe ich aber dann auch seinen Schlüssel in Ruhe gelassen.

Geh zum Homöopathen!

Also, was soll ich euch sagen, ich war ja immer ein Skeptiker, was die geschüttelten Homöopathiefans betrifft. Nein, liebe FPÖ, keine Angst, das hat nichts mit Homos zu tun! Aber ich wurde bekehrt. Ich weiß jetzt, dass Homöopathie wirklich funktioniert. Sagenhaft funktioniert das! Aber alles der Reihe nach.

Vor etwa einem Monat hatte ich eine richtige Männergrippe. Eine Zwillingsgeburt ist ein Lercherlschas dagegen, jeder Mann weiß das! Husten, Schnupfen, Heiserkeit, Kopfweh und bei jeder Zigarette reißt es dir fast das Beuschel raus! Ich komme also in diesem Zustand ins Büro, da sieht mich die Susi, eine Mitarbeiterin, und rät mir, unbedingt einen Homöopathen aufzusuchen. Ich hatte da ja schon mal was von diesen Globuli gehört, aber was sollten so kleine Zuckerkugeln schon helfen? Sagte ich ihr auch, aber sie meinte, da gäb's Studien, die das *„äußerst sehr, sehr eindeutig"* belegen. Belegt war zu dem Zeitpunkt zwar nur meine Zunge, was ich ihr auch gleich mit einem Huster steckte, aber sie bestand drauf, dass das Zeug helfe. *„Sogar bei Kühen!"*

Der etwas zu laut von mir eingeworfene Hinweis, dass ich kein Rindvieh bin, war natürlich ein aufgelegter Elfmeter für die anderen Kollegen ...

„Wie soll reiner Zucker helfen?", fragte ich. Ich spiele gern ein wenig Sokrates, der fragte ja immer so lange, bis die anderen

nicht mehr weiter wussten. Dass man ihn irgendwann dafür zum Tode verurteilt hat, wegen Defätismus, das ist eine andere Sache. Hat dann eine ganz und gar nicht homöopathische Dosis Schierling getrunken, das wirkte.

„Na, der Zucker ist ja nicht rein. Da ist ja die Information vom Wirkstoff drin. Wenn dich zum Beispiel eine Biene sticht, dann hilft Apis D30 sofort!"

„Der Biene?", fragte ich, worauf wieder das Rindviech bemüht wurde.

„Nein, der Zucker ist ja mit Wasser benetzt, das vorher die Information in sich hatte." Susi bemühte sich also, die Diskussion zurück auf die Sachebene zu verlagern und sich nicht provozieren zu lassen. Das Gesprächstraining letzte Woche dürfte Spuren hinterlassen haben.

„Wo im Wasser?", fragte ich.

„Wie ‚wo'? Na im Wasser halt!"

„Wasser ist eine Verbindung aus zwei Atomen Wasserstoff mit je einem Proton und einem Elektron und einem Atom Sauerstoff mit 8 Protonen, 8 Neutronen und 8 Elektronen. Wo wird da die Information gespeichert?"

„Äh. Ja, irgendwo halt. Vielleicht in den Elektronen."

„Ein Elektron kann zwar zwei Spinzustände haben, aber im Atom sind die genau festgelegt. Da kann man also keine Information mehr unterbringen."

Jetzt kam das Totschlagargument: *„Aber es funktioniert. Ich wende das bei meinen Kindern **immer** an, und die sind kerngesund!"*

„Hmm, wenn sie gesund sind, warum wendest du es dann an?"

Langsam wurde Susi ungeduldig. Sie erklärte mir, dass auch gesunde Kinder manchmal einen Infekt haben, das sei doch ganz normal und nach einer Woche wieder vorbei.

„Eine Woche mit oder ohne Homöopathie?", wurde ich jetzt ein wenig ekliger.

„Probier es einfach mal aus, dann red'!", beendete Susi die für sie anscheinend unbefriedigende Diskussion mit einem definitiven Sachargument.

Also ging ich nach der Arbeit zum Homöopathen. Kam eh gleich dran. Keine anderen Patienten. Entweder das hilft so gut, dass alle gesund sind, dachte ich oder so wenig, dass keiner zweimal zu ihm geht, weil er entweder tot ist oder eingesehen hat, dass es nicht hilft. Na, schaumamal dann sehn ma eh!

Er gab mir Aconitum C200 als Einmalgabe mit fünf Kügelchen. Hab' mir ausgerechnet, dass ab D24 praktisch kein Molekül

Eisenhut mehr drin sein kann, was bei dem hochgiftigen Zeug wahrscheinlich eh gut ist. Die Grippe wurde dann aber noch heftiger, das nannte er am Telefon *„Erstverschlechterung"*, und *„dass das gut sei, weil es zeigt, dass das Mittel anschlüge."* Mir war jetzt klar, warum keiner im Wartezimmer war. Und als ich an die 90 EUR dachte, die mich das Experiment gekostet hatte, war es sogar sonnenklar. Anschlagen tut es vielleicht, aber nur auf seinem Konto.

Ich lag also vier Tage im Bett, dann war Wochenende, Zeit zum Lesen, also nehme ich mir das Buch *„Wissenschaftliche Grundlagen der Homöopathie"* vom dreifachen Doktor Gutmann in die Hand, der war sogar mein Chemieprofessor auf der TU Wien. Gutes Buch, hab' nichts verstanden. Aber ich glaub der Autor auch nicht, also kein Problem.

Am Montag war ich wieder halbwegs fit und im Büro, und Susi sah sich bestätigt und triumphierte: *„Siehst du? Hilft ja doch!"*

Meine Antwort, dass bei mir eine Grippe immer eine Woche dauert, ignorierte sie, worauf ich mir beim Husten, meine gute Erziehung vergessend, den ganzen Tag lang nie die Hand vorhielt. Bin ja gesund, was soll also sein? Susi war zwei Tage später im Krankenstand, aber eine Woche drauf aufgrund der Homöopathie dann wieder im Büro. *„Da kannst du hundertmal mit deinen blöden Atomen anfangen, das hilft, und wie!"*, jubilierte sie.

„Ja, vor allem bei Rindviechern, sagtest du!", antwortete ich, worauf sie mich die ganze Woche schnitt. Was mir eh passte,

ich wollte mich nicht mit meiner eigenen Grippe anstecken. Schade war nur, dass ich ihre *„blöden Atome"* nicht ausschlachten konnte. Von wegen Intelligenz setze Informationsspeicherfähigkeit voraus oder so.

Jetzt bin ich euch aber noch die Geschichte schuldig, warum ich jetzt DOCH weiß, dass Homöopathie hilft, nicht wahr? Also die G'schicht war a so:

Ich war mit dem Mann von der Susi beim Fußballspiel und danach haben wir den 1:1 Sieg der Offenhausener gegen die Kohlgrube in der zweiten Klasse Mitte gefeiert, nachdem wir uns die Blessuren von der unvermeidlichen Massenschlägerei verarztet haben. Sind leider ein paar Whiskies zu viel geworden, und ich sage euch: So ein Whiskyrausch ist grauslich. Da liegst eh schon am Fußboden zuhause, aber das Karussell hört nicht und nicht auf sich zu drehen. Als wenn Johnny Walker auf der Etikettrückseite einen Jahreseintritt zum Rummelplatz aufgedruckt hätte.

Genau DAS war der Moment, wo ich mich an die Homöopathie erinnerte. Einen Versuch ist es wert, dachte ich mir zwischen zwei Häuslsessions, und träufelte mir Johnny Walker auf einen Zuckerwürfel. Wie viele Globuli waren das? Ach ja, fünf. Also fünf Zuckerwürfel. Runter damit. Scheiße, Schütteln vergessen. Also zehnmal auf und ab gehüpft und dann wieder kotzen gegangen. Ging sich gerade so aus.

Aber was soll ich euch sagen? Nach der fünften Einmalgabe von je fünf Würfel, Schüttelhüpfen und darauffolgender Radikalmagenentleerung setzte die Besserung ein!

Leute, zumindest bei einem Whiskykater hilft Homöopathie definitiv!

Zehe Sache!

Montagabend, 18:13 Uhr. Sohnemann kommt ins Wohnzimmer, wo ich den wohlverdienten Feierabend genieße. Lesend natürlich, okay Teletext lesend, aber lesen ist lesen, auch wenn der am neuen Fernseher nur das halbe Bild ausfüllt und am Rest das aufgenommene Baseballspiel von gestern flimmert, wobei mich ein wenig der Neid frisst, weil mein linker Fuß in einem Schaffel mit Kamillenwasser steckt. Erklärung folgt.

Nein Sohnemann, dieses Mathebeispiel löst du jetzt selbst. Kommt ja doch wieder nur X=1 heraus, egal wie kompliziert die Angabe aussieht. Siehst du nicht, dass ich gerade beschäftigt bin? Womit? Zehe baden. Und da kommt nicht X=1 raus, da kommt nur Eiter raus.

Was sofort eine Fragestunde zu eingewachsenen Zehennägeln zur Folge hat. Sohn Nummer Zwei gesellt sich dazu, sowas muss man schließlich genau wissen. Wo kommt das Leiden her? Keine Ahnung Leute, der scheiß Nagel ist beim Wachsen halt falsch abgebogen. Wohl ein Fehler im Nagelnavi oder aufgrund der hohen Wuchsgeschwindigkeit einfach ins Schleudern geraten, was weiß ich?

Warum gehst du nicht zum Arzt, Papa?

Was soll DIE Frage jetzt? Und GEHEN? Machst du Scherze? Wie glaubst du sieht das aus, in Schlapfen mit meinen 40

Jahren ins Wartezimmer zu hinken, hinter mir die ungeduldigen 80-Jährigen, denen das alles zu langsam geht? Was sagst du? 50? Okay, muss irgendwann in den letzten zehn Jahren passiert sein, das mit meinem 50er. Egal. 50 ist das neue 40! Bin ja sonst noch super beinander, oder?

Haha, ja ein richtiger Superman, meint Sohn Nummer eins lachend.

Jep, den habe ich als Kind immer gern gelesen. Der muss jetzt auch schon uralt sein. Oder tot. Lange nichts von der blauroten Socke gehört.

Superman altert nicht und tot ist der auch nicht, klärt mich Sohn Nummer zwei auf. Der würde auch nicht krank werden, darum hieße er ja Superman.

Das stachelt jetzt meinen Ehrgeiz aber schon ein wenig an. Doch, der Clown ist hinüber, werfe ich ihnen in ihre entrüsteten Gesichter, und ich kann euch auch erklären, wie der Lackaffe abgetreten ist.

Ihre ungläubigen bis entrüsteten Gesichter verraten einen leichten Zweifel, doch die Saat ist gesät. Ich lehne mich zurück und lasse sie erstmal keimen. Fuck! Die New York Yankees, diese Bayern Münchner aus der Bronx, haben einen Run gegen meine geliebten St. Louis Cardinals geschafft. Wobei sich der Catcher beim Versuch, den Runner zu blocken und auszumachen, anscheinend an der Zehe verletzt hat. Aber der Runner sieht auch nicht gut aus, hat ihm wohl einer mit den

Spikes die Wade aufgeschlitzt, hähähä! Na, Baseball ist eben ein Männersport. Eine unvorsichtige Bewegung im Fußbad mit leichtem Anstoßen am Rand des Plastikschaffels jagt einen Schmerzimpuls in mein Hirn, so einen der Sorte Nadelstich-ohne-dämpfenden-Umweg!

Ich klicke den Teletext weg. Nichts wichtiges passiert heute, überall nur diese Meldungen vom Rücktritt. Ja der Platini von der UEFA. Der Bundeskanzler Faymann übrigens auch. Platini hat gröbere Auswirkungen, das ist mal sicher.

Was ist nun, Papa? Du wolltest uns Supermans Tod erklären?

Ah, Saat aufgegangen. Keine Verneinung in der Fragestellung, sehr gut. Sie sind bereit für die große Wahrheit.

OK, hebe ich an, habt ihr euch nie überlegt, dass der Typ tagein tagaus seine Kluft trug, ohne dass man je gesehen hätte, dass er sie wäscht? Könnt ihr euch nur ansatzweise vorstellen, wie der Strampelanzug gerochen haben muss? Der hat seine Feinde nicht geschlagen, der hat sie totgestunken!

Schockierte Gesichter zweier brutal desillusionierter Vierzehnjähriger.

Und dann seine Stiefel. Ebenfalls nie ausgezogen. Und das war dann auch sein Tod.

Das Erstaunen manifestiert sich in einem *„Hähhh?"*, was im Jargon der Vierzehnjährigen so viel heißt wie: Bitte lieber

Papa, kannst du uns das in deiner grenzenlosen Güte näher erklären?

Klar, gerne. Ich erkläre ihnen, dass diesem Superman aufgrund der etwas zu eng gewordenen Stiefel leider ein Zehennagel eingewachsen war, der sich aufgrund der Bakterien im Schuh sofort entzündet hat, also nicht der Nagel, aber das Fleisch rundherum. Und auch wenn ihm keiner was tun konnte, Schmerzen kannte der alte Stahlfuzzi schon. Also hat er sich irgendwann entschieden, den Stiefel doch auszuziehen. Als er nach drei Stunden Ohnmacht (ob durch den Schmerz beim Ausziehen oder durch den Gestank, weiß ich nicht) dann erwachte, dachte er zuerst, er hätte den roten Stiefel noch an, das war aber nur die Entzündung.

Also ab zum Arzt. Der wollte ihm eine Spritze geben. Pech, wenn du der Mann aus Stahl bist. Da schafft keine Nadel auch nur, die Haut anzupieksen. Dann wollte er den Nagel ohne Betäubung ziehen. Naja, auch Supermans Zehennägel sind härter als Diamant. Klappte also auch nicht. Nur die Zange war danach verbogen.

Jetzt hatte der alte Kryptonier das erste Mal, seit er auf der Erde ist, einen echten Nachteil aus seiner Unverwundbarkeit. (Das mit dem Sex lasse ich weg. Wenn du unverwundbar bist, spürst du nämlich auch nichts. Arme Sau. Der kann rammeln wie er will, keine Nervenreize. Anderseits: der perfekte Liebhaber. Immer hart wie Stahl, haha!)

Jedenfalls medizinische Behandlung? Fehlanzeige.

Das einzige, was ihn so schwächt, dass er verwundbar wird, wäre grünes Kryptonit, aber das bringt ihn um, wenn man nicht aufpasst. Also: Der Arzt besorgt sich das Zeug. In seinen Augen leuchtet es, das Kryptonit spiegelt sich grünlich darin. Er wird der Arzt sein, der Superman rettet. Er legt ihm das Kryptonit auf den Fuß. Es klappt! Superman ist geschwächt, er wird bewusstlos, der Zeh wird behandelbar. Der Nagel wird gezogen. Supermans Zustand verschlimmert sich, das Kryptonit muss weg, der Zeh wird wieder unverwundbar, die Wunde kann nicht genäht werden, Superman verblutet. Operation gelungen, Patient tot.

So war das liebe Leute! Ein niedergelassener Arzt in USA hat den alten Supi erledigt. Ganz ohne Hilfe von Lex Luthor.

Schweigend ziehen meine Söhne ab. Haben sie etwa Tränen in den Augen? Der Held ihrer Kindheit, profan zerstört. Fast habe ich ein schlechtes Gewissen, aber da gleichen die Cardinals aus, der Jubel erreicht meine Füße, der Zeh die Wand des Schaffels, der Rest ist bekannt.

Eine halbe Stunde später läutet es an der Tür. Der Gemeindearzt. *„Hallo, ihre Söhne haben mich gebeten, einen Hausbesuch zu machen. Schauen wir uns den Zeh mal an!"* In seiner offenen Arzttasche sehe ich chromblitzende Folterwerkzeuge.

In seinen Augen leuchtet es. Sadistisch grünlich. Wie von Kryptonit.

Moderne Kunst

Vor einigen Monaten hatte ich beschlossen, etwas für die Psüchohügiene zu tun (das Wort habe ich von einer Bekannten) und öfter mal ins Museum zu gehen. Jetzt war das halt terminlich immer eng, weil am Montag ging es nie wegen der Vorstadtweiber im ORF, die darf ich nicht versäumen. Am Dienstag muss ich einkaufen gehen zum Hofer. Am Mittwochabend wird der Rasen gemäht, bin ja keiner dieser Samstagrasenmähenspießer, am Donnerstag war meistens Basketballplayoff, am Freitag Stammtisch, am Samstag ausschlafen und am Sonntag das Wetter schön. Also alles total unaufschiebbare, wichtige Termine, da bleibt wenig Zeit für das Museum. Außerdem wusste ich nicht in welches. Hab' also wieder diese Freundin gefragt, die ist Bildhauerin, und die meinte: *„Schaust ins Museum für Moderne Kunst – das ist vielleicht das Beste für den Anfang!"*

Jetzt war es zu Pfingsten am Wochenende wirklich kalt und regnerisch, also dachte ich: Machen wir! Rein ins Auto, ab nach Wien. Wie so eine Autofahrt nach Wien bei mir aussieht, das wisst ihr ja eh, das erspare ich euch. Ist hier ja jetzt auch nicht so das Thema. Jedenfalls wollte ich diesmal nicht alleine fahren und hab' den Preuhuber Karli mitgenommen. Der hat es zwar nicht so mit der Kunst, aber wir wollten eh zum Heurigen auch noch, da war er gleich Feuer und Flamme. Darum haben wir uns dann auch ein Hotel genommen, sauteuer, mit Klo und Dusche am Gang – ist der letzte Schrei, wegen

Umweltschutz und Wasserverbrauch, sagte die Dame am Telefon. Die nahmen das sehr ernst, da standen selbst die Bettwanzen unter Artenschutz! Immer wenn ich eine gefunden habe, habe ich sie unters Zahnputzglasl, und am nächsten Tag habe ich beim Frühstück dann alle im Speiseraum in die Freiheit entlassen. Man ist ja kein Unmensch!

Ich komme also um 10 Uhr am Pfingstsonntag in Wien an. Rein ins Museum, gewandet (das Wort habe ich auch von ihr, gefällt mir sehr!) bin ich ausnahmsweise sehr seriös, so mit Cordhose, Buttondownhemd, weißen Tennissocken und Sandalen, weil mir mein Zeh immer noch weh tat, da gehen keine geschlossenen Schuhe.

Was sag ich euch: Schon was Edles, so ein Museum! Schon vom Eintrittspreis her. Aber auch schöne Bilder, vor allem am Anfang! Vom Schakal, das ist so ein französischer Russe, der hat glaub ich früher Comics gezeichnet, bis er halt nimmer so gut sah, dann hat er Bilder gemalt. Und vom Monnett, der kam sicher aus der EDV, weil der hat lauter ganz pixelige Bilder gemacht. Also aus der Entfernung waren's aber okay. Man muss sich ja nicht vordrängen und nah rangehen, nicht wahr?

Aber dann wurde es enterisch. Da sind wir in einen Raum, da waren die Leute anscheinend so sauer, dass sie alle Bilder mit einem Messer geschlitzt haben, furchtbar diese Vandalen. Macht man auch nicht, ob einem das Bild jetzt gefällt oder nicht. Ich bin da rein, hatte blöderweise grad das Taschenfeitel und die Kantwurst in der Hand, weil ich hungrig war, und sag zum Karli: *"Jössas, die sind ja alle kaputt und ganz zerschnitten!"* Dreht sich so eine alte Dame um, im Pelz, obwohl es eh dreißig Grad hatte da drin und schüttelt den Kopf, als sie mich mit dem Messer sieht. Ich war ganz verlegen, und weil ich kürzlich „*Muttertag*" im TV gesehen hatte, hab' ich das klargestellt: *„I sog's glei – I wars nit!"* Haben alle gelacht. Ich bin halt auch ein fröhlicher Mensch, nicht wahr?

Im nächsten Raum war dann gar nichts ausgestellt. Der wurde grad gereinigt. In der Mitte stand ein Putzkübel mit Mob, hatte wohl die Putzfrau vergessen. Hab' ich gleich geschnappt und zum Eingang getragen. Statt sich zu bedanken, haben's mich fürchterlich zusammengeschissen, weil ich angeblich eine *„Installation beschädigt habe"*. Ich schwör's, ich hab bei den Installationen wirklich nichts gemacht! Ich mache nicht einmal zuhause mehr was bei den Installationen, seit ich nach dem Anschließen des neuen Boilers den Keller von der Feuerwehr auspumpen lassen musste.

Dann sind wir wieder zurück, da war ein Raum, da waren nur weiße Bilder an der Wand. Und die Leute standen davor und haben gesucht, ob sie vielleicht nicht doch wo einen Strich finden. Naja, denk ich mir, bin vielleicht zu dumm! Ich hab' mich dann vor das einzige weiße Bild gestellt, wo a bissl Farbe und Text drin war und hab' mich in das Werk versenkt, wie ich das mal im Fernsehen gesehen habe, da auf „Seitenblicke" im ORF. Steh' ich also so da, der Karli auch, die Kantwurst war leider schon aus. Zehn Minuten stehen wir so da, Kopf geneigt und auf die Knöchel gelegt. Zwanzig Minuten. Dreißig Minuten. Hat sich nichts gerührt in meinem künstlerischen Empfinden, nur der Magen hat rumort, von der Kantwurst, aber zumindest bin ich mir nicht mehr so blöd vorgekommen.

Nach einem Zeitl waren wir dann nicht mehr alleine, und nach einer Stunde standen sicher zwanzig Leute um uns – alle in Andacht ins Bild versenkt. Das war direkt ein erhebendes Gefühl, da habe ich kapiert, was es mit moderner Kunst auf sich hat. Die hatten sich alle hingestellt, weil wir so lange andächtig davor gestanden waren. Die wollten es auch verstehen!

Irgendwann kam dann so ein Museumsbeamter vorbei, mit Karterl am Sakko (warum schwitzen die in ihren Sakkos eigentlich nie?), den habe ich gefragt, was man für dieses Bild wohl so zahlt. Er schaut uns alle entgeistert an und meint: *„Sie stehen vor der Wandtüre des Feuerwehrschlauchs. Steht ja eh drauf: SCHLAUCHANSCHLUSS!"*

War ein bisserl peinlich, es haben sich dann alle Leute davongeschlichen und so getan, als hätten sie nie davorgestanden, aber der Stadtheurige danach war super!

Bis bald, wir sehen uns im Museum!

Euer Günter

Weiberstammtisch

Wie kann ich hier nur „Weiber" schreiben? Frechheit! „Damen" heißt das! Ja, stimmt! Aber das, wovon ich euch erzähle, ist eben so gar nicht dämlich. Außerdem sagen die Teilnehmerinnen dazu nunmal selbst „Weiberstammtisch". Man soll eine Frau ja nie ausbessern, oder? Das mögen die überhaupt nicht. „Frau" kommt übrigens vom mittelalterlichen „Frouwe", und das waren nur Edelfrauen. Also die, welche den ganzen Tag nichts zu tun hatten, als armen Minnesängern den Kopf zu verdrehen und den Schmied zu bestechen, damit er ihnen für ihren Keuschheitsgürtel einen Nachschlüssel macht. „Mittelalter" ist übrigens auch ein Wort, das man in Gegenwart von Frauen, die die zwanzig schon hinter sich haben, eher vermeiden sollte.

„Nein", sagte eine Freundin kürzlich zu mir, *„da bin ich lieber ein Weib!"*

Die Stammtischrunde trifft sich jeden Freitag. Das ist der Tag, wo ihre Männer den Kegelabend haben. Der wäre ja auch eine Geschichte wert, zugegeben. Aber leider passiert da deutlich weniger Erzählenswertes als bei den Frauen. Okay, es fallen haufenweise welche um, nicht nur Kegel, aber sonst? Fehlanzeige, was die Action betrifft. Das ist bei den Damen so ganz anders! Und damit diese Geschichte, die ich unter Einsatz meiner Gesundheit und diverser hochtechnologischer Abhör- und Überwachungsgeräte minutiös recherchiert habe, auch authentisch klingt, erzähle ich sie aus der Perspektive einer Teilnehmerin.

„Wie machst du das bloß, dass du dich so in eine Frau versetzen kannst?", werde ich des Öfteren gefragt. Das bleibt mein Geheimnis! Prost!

Was? Schon wieder Freitag? Meine Güte, wieder Weiberstammtisch heute am Abend. Ich weiß nicht, ob ich da heute hingehen soll. Ist ja doch immer das Gleiche. Und den ganzen Samstag habe ich dann Kopfweh und schlechte Stimmung. Was ich gegenüber meinem Mann natürlich nie zugeben würde. Wenn der mich darauf anspricht, streite ich es vehement ab und suche mir einen Grund, dass ich mit Recht sauer sein darf. Nichts einfacher als das. Männer sind ja so dumm! „Hättest du gestern nicht den Geschirrspüler einräumen können, wenn du schon früher zuhause bist?" Das reicht aus. Dann meckert er, dass eine gute Ehefrau eh nicht erst um sechs Uhr morgens volltrunken heimkommen sollte, und peng! Da hat er seinen Streit! Und falls er den Spüler doch eingeräumt haben sollte, dann meckere ich eben: „So blöd kannst auch nur du einen Spüler einräumen. Wenn ich den jetzt einfach eingeschaltet hätte, wäre die Hälfte kaputt!" Es stimmt schon, was er immer sagt: „Wie Mann es macht, macht Mann es falsch."

Na egal, gehe ich halt hin. Mal sehen, wer da ist. Hoffentlich kommt die Petra auch. Zeit hätte sie ja genug als Lehrerin. Was ich ihr nicht sagen werde, das hat vor zwei Monaten nur dazu geführt, dass sie ewig nicht mit mir gesprochen hat. Das war ein informationstechnisches schwarzes Loch! Die Petra ist in punkto Neuigkeiten unverzichtbar, die weiß immer über alles Bescheid. Die weiß es sogar oft schon, bevor es passiert ist! Außerdem trinkt sie nichts, und irgendwen braucht man ja, damit man wieder heimkommt!

Da ist die Alex ganz anders. Das naive Blondchen! Die ist unser wandelndes Modejournal. Ich verstehe zwar nicht, was die Männer alle an ihr finden, aber die Suche hat jedenfalls oft genug Erfolg. Pah! Nur weil sie 1,72 ist und komplett unterernährt. Aber eine Frechheit ist das schon:. Wenn die etwas isst, wandert das anscheinend nicht in ihren Bauch sondern schnurstracks in ihre Brüste. Da könnte man glatt neidisch werden, nur ist mir sowas wie Neid natürlich total fremd. Ich freue mich eh mit ihr, dass sie mit ihren 45 Jahren immer noch aussieht wie einer dieser Hungerhaken in den Modejournalen. Sie wird schon sehen, wo das hinführt, wenn erst die Falten kommen, der wandelnde Boanahaufen!

Wir sind beim Weiberstammtisch normalerweise zu sechst. Im Moment sind wir nur fünf, weil die Susanne im Urlaub ist. Mit ihrem neuen Lover. Frisch verliebt, kennt man ja. Die wird aber nachher bald wieder dabei sein. Bei der hält es sowieso keiner lange aus. Ist eigentlich eine Liebe, die Susi, aber halt ein wenig komplex. Seit sie geschieden ist, zuckt sie manchmal ziemlich aus. Manchmal denke ich, die hat ihre Lover nur dazu, um sich an allen Männern für ihren Ex, dieses Arschloch, zu rächen. Der ist wirklich ein schlechter Kerl. Als er noch mit der

Susi verheiratet war, hat er mich nach zwei Monaten einfach für die Alex sitzen lassen. Und die Alex dann nach einem halben Jahr für die Belinda, bei der er auch nicht lang blieb. Jetzt hat er so eine Fette aus dem Nachbarort geheiratet, die hat ihn anscheinend unter Kontrolle. Das alles darf die Susi aber nie erfahren. Die Belinda ist ja ihre allerbeste Freundin. Es reicht eh, dass es sonst das ganze Dorf weiß.

Die Belinda kommt heute übrigens auch. Die ist eigentlich ganz nett. Nicht besonders hübsch und ein wenig fest, aber nett. Hat auch immer Pech mit ihren Männern. Die kannst du auf ein Rockkonzert mit tausend perfekten Männern schicken, heim kommt sie sicher mit der einzigen Flasche vom ganzen Konzert. Wobei eigentlich, wenn man es realistisch betrachtet, sind tausend Flaschen und ein perfekter Mann auf so einem Konzert wahrscheinlicher. Und der ist dann sicher schwul.

Worüber wir bei solchen Stammtischen immer reden? Am Anfang nur so allgemeines Zeug. Was im Ort so passiert ist die letzte Woche. Bisschen was trinken tun wir auch. Dann muss eh bald die erste aufs Klo, das ist immer die Karina, die hat eine schwache Blase. Da reden wir dann über die Karina, bis dann die Alex pinkeln muss, dann reden wir über die Alex, bis ich gehe. Wir sind keine von diesen Weibern, die immer zu zweit aufs Klo rennen müssen. Außer wir haben etwas unter vier Augen zu besprechen, natürlich. Dann schon!

Zusammenrichten! Man will ja nicht der hässlichste Vogel dort sein! Die neue Bluse könnte ich anziehen. Die mir mein Mann gekauft hat. Sauteuer war die! Was hat er da wohl wieder gutzumachen gehabt? Ihn fragen soll ich? Blödsinn! Erfahre ich heute ja sowieso. Außer ich bin da gerade am Klo.

So, fertig! Na Mädels, da werdet ihr heute Augen machen. Ah, da kommt ja schon die Alex. Die holt mich ja heute ab. Verdammt! Die hat die ganz gleiche Bluse an! Ich sollte doch mit meinem Mann ein Wörtchen reden!

„Hallo Schatzi!", rufe ich beim Fenster runter und drücke auf den Türöffner. „Komm rein! Bin's gleich! Nur noch eine andere Bluse anziehen, hab' mich beim Schminken leider bekleckert!" Gott sei Dank habe ich das gerade noch rechtzeitig gesehen, was sie da trägt. Peinlicher könnte so ein Abend ja gar nicht beginnen. Ich ziehe mir also schnell das Seidentop an, eigentlich mag ich das eh viel lieber. Ist auch von meinem Mann.

Dann fahren wir los. Das Wirtshaus ist zwar nur 500 Meter entfernt, aber in den Heels kann ich unmöglich so weit laufen. Ob ich mich schon auf den Weiberabend freue? Ehrlich gesagt kotzen mich diese Trampel alle an. Eh immer das Gleiche. Tratschen, saufen, tratschen, saufen, ... und am nächsten Tag, und das ist das Blödeste dabei, erinnert sich außer Alex keine mehr an irgendetwas. Und wenn die heute wieder davon anfangen, dass ich vor zwei Wochen im Vollrausch statt ins Haus ins Carport schlafen gegangen bin, passiert ein Zickenmord, das ist fix! Ja sehr witzig! Ich hab's halt nicht mehr mitbekommen. Anscheinend war ich aber noch nicht zu betrunken, um mich vor dem Hinlegen auszuziehen. Ich schlafe ja immer nackt. War halt ein wenig peinlich, als am Samstag der Briefträger ein EMS Paket gebracht hat. Wir bekommen eh nie EMS Pakete, aber nein, ausgerechnet an diesem Samstag schickt Tante Luise ein Geburtstagsgeschenk für meinen Mann. Hab' mich furchtbar gerächt! Ich hatte ja auf seinen Geburtstag total vergessen, da habe ich ihm halt das Paket von Luise als meines gegeben, nachdem der Briefträger seinen Schock überwunden hatte, eine junge, hübsche Frau nackt im Carport in der Kotze liegen zu sehen. Selbst gestrickte Socken hat sie ihm geschickt. Er glaubt mir bis heute nicht, dass ich die gestrickt habe, trägt sie aber brav am Abend vor dem Fernseher, die potthässlichen Dinger.

„Habt ihr euren Carport gekärchert?", fragt Alex blöd grinsend. Irgendwann erschlage ich das Luder! Ich werde diesen Abend einfach irgendwie durchdrücken. Oder nein! Ich werde ihnen heute allen brutal meine Meinung über sie geigen, jawohl. Mit dem Gestellwagen mitten ins Gesicht! Denen sage ich, was ich von ihnen halte, diesen tratschenden, ätzenden Trampeln! Ohne jegliche Kompromisse, heute werden keine Gefangenen gemacht! Die werden dann lange nicht mehr mit mir reden, das ist mir klar, aber einmal muss Schluss sein! Heute gibt es Krieg! Heute fließt Blut statt Aperol! Jawohl!

Alex parkt vor dem Gasthaus. Wir steigen aus und gehen rein. Ich bin geladen wie ein Sturmgewehr! Jetzt kracht es gleich!

Da sitzen schon alle. Belinda, Petra, Karina. Sogar Susi! Ui, da dürfte das mit ihrem Neuen schon in die Hose gegangen sein!

Interessant! Das werden wir detailliert ergründen müssen, wenn sie am Klo ist. Mit Alex und mir sind wir ja jetzt vollzählig.

„Hallo Schaaaaatziiiis!", lächle ich, „Wie geht es euch allen? Suuuusiiii, Liebes, ich dachte, du wärst im Urlaub?"

Beim Arzt

Das, was ich euch jetzt erzähle, ist zwar schon ein paar Jahre her, aber mir läuft heute noch die Nase, wenn ich daran zurückdenke.

Es war ein Montagmorgen. Eine Männergrippe hatte sich verschlechtert (wieder einmal), obwohl ich am Wochenende alles getan hatte, damit es besser werde. Viel Tee getrunken (Hopfenblüte hilft, sagte mir mein Spezl, der Karli, worauf wir sicherheitshalber ein wenig überdosierten), im Bett bleiben (das hilft besonders, sagte mir meine damalige zukünftige Exfrau und fuhr zu ihrer Freundin, ich glaube die heißt Herbert, worauf ich das Wochenende im Bett blieb, aber auch nicht in meinem, ich war bei einem Freund, der heißt Susi, nein, nicht die aus dem Büro) und natürlich brav Globuli schlucken. Ihr kennt mein Hausrezept mit den selbst hergestellten J. Walker D0 Globuli? Diesmal Fehlanzeige. War anscheinend eine ganz spezielle Grippe, kein schottischer Virus, so wie es aussah.

Also raus aus den Federn, schön mit dem rechten Fuß zuerst. Nein, ich bin nicht abergläubisch. Abergläubisch sein bringt nur Pech. Aber der linke Fuß schlief halt noch, weil der Kater drauf gelegen hatte. Der darf zwar nicht in unser Bett, weil ich allergisch bin, aber hilf dir, wenn du die Seuche hast! Ist irgendwie wie mit den Frauen. Da kann dein Immunsystem überschießen wie es will, sie liegen dir trotzdem. Wenn man jung ist bei, wenn man älter wird, nur noch auf der Tasche.

So nieste und schnupfte ich mich also ins Bad, sah wie jeden Morgen den unfrisierten Unbekannten vor mir. Mann, ich weiß zwar nicht, wer du bist, aber ich putze dir trotzdem die Zähne, okay? Nebenbei Dusche aufgedreht, damit das Wasser warm ist, wenn ich rein steige, Zähne fertig, rein in die Dusche, verbrüht wie fast jeden Tag, dafür eine Spur wacher jetzt. Wenn du glaubst, dass kaltes Wasser wach macht, dann dusch' mal zu heiß. DAS macht wirklich wach, nicht nur dich, da ist das ganze Haus auf den Beinen!

Den unwilligen Grunzer aus dem seit gestern Nacht doch wieder belegten Ehebett samt zufallender Türe ignoriere ich wie immer. Stattdessen anziehen und dann gleich zum Arzt. An das Arbeiten ist heute nicht zu denken. Eh sonst auch nicht, aber da tu ich wenigstens so. Nur nicht heute! Ich werde mir schnell eine Krankschreibung holen und dann wieder ins Bett und schauen, ob ich nicht doch noch meine damalige zukünftige Exfrau anstecken kann.

Am Parkplatz beim Arzt bin ich mal wieder froh über mein „PRESSE"-Schild. Das ist noch besser als „ARZT IM DIENST!". Weil bei zweiterem jeder weiß, dass es ein Fake ist. Welcher Arzt macht heute noch Hausbesuche? Außer die Söhne rufen ihn wegen Papas kranker Zehe an. Aber mit der Presse legt man sich nicht an. Also kurzerhand am Polizeiparkplatz vor dem Gemeindezentrum geparkt, weil sonst nichts mehr frei war. Bis die Kapplständer in den Dienst kommen, bin ich längst wieder weg.

Rein ins Gemeindezentrum, rauf in den ersten Stock, da ist der Arzt. „Ärztlich willkommen!" prangt das Schild an der Tür. Darunter ein Zweites: „Virussammelstelle". Er ist eben ein Witzbold, der Hubert. Nur nicht am Tennisplatz. Da strengt er sich ausnahmsweise wirklich an und kann furchtbar bitzeln, wenn ihm mal ein Ball misslingt. Also eigentlich bitzelt er eh dauernd, der trifft nämlich nicht einmal eine Garage, die direkt vor ihm steht. Außer mit dem Kotflügel, woran ich ihn bei jeder Gelegenheit erinnere. Aber heute sage ich ihm das nicht. Seiner Frau auch nicht, die sitzt am Empfang und spinnt auch außerhalb des Tennisplatzes. Im Lexikon steht unter „missmutig" ihr Bild, kein Witz! Wenn der schon mal erwähnte Sokrates, der immerhin mit Xanthippe verheiratet war, die gekannt hätte, dann gäb's keine griechische Philosophie, dann hätte der mit dem Schierling nämlich nicht gewartet, bis er alt war. Wie der Hubert das aushält, weiß ich nicht. Er sagt immer: *„Die bleibt nur bei mir, weil sie weiß, dass mich das schlimmer trifft als wenn sie das Haus und den Mercedes kriegt!"* Aber ich glaube, in Wahrheit lieben die beiden sich.

Ich betrete also das Wartezimmer – und bremse abrupt, weil ich sonst eine Schlange von sieben Leuten wie eine Dominokette umwerfen würde. Rundherum sitzen noch etwa zwanzig. *„Na servas!"*, sag ich laut, *„habt's ihr ausg'steckt heut' oder nur ang'steckt?"*

„Grippewelle, musst ein wenig warten!", meint die Helga, also dem Hubert seine lästigere Hälfte, über sieben Köpfe hinweg und steckt eine Ecard eines Rentners in das Lesegerät. *„Damit*

geht's schneller!" Blöde Werbung. Es sind überhaupt fast nur Pensionisten hier, fällt mir auf, worauf ich an den morgendlichen Blick in den Spiegel denke, und diesen Gedanken sofort erschrocken weit hinten in eine tiefe Falte meiner Großhirnrinde verbanne.

„*Klass!*", sag ich. „*G'scheiter wäre, die anderen warten ein wenig, dann braucht die Hälfte gar nimmer reingehen, spart dem Hubert eine Menge Arbeit.*" Dabei gehe ich an das Fenster, wo man genau auf den Friedhof sieht. „*Das große Wartezimmer hätt' eh noch Platz genug.*"

„*Mein Herr!*", meint darauf eine ältere Dame, „*Sie sind aber sehr unhöflich. Sind Sie sicher, dass sie sich nicht im Stock geirrt haben? Der Zahnarzt ist im Erdgeschoss, der ist für Ihre große Goschen zuständig, nicht der praktische Arzt!*"

Na bumm! Ich schwanke zwischen Frohlocken („*Mein Herr*" kommt gleich nach „*Junger Mann*") und Erstaunen. Die ältere Dame scheint noch sehr fit zu sein für ihr Alter. Dabei ist die sicher 35/145/155. Wobei ich jetzt nicht sagen könnte, ob 145 die Größe ist und 155 das Gewicht oder umgekehrt. Aber in der Birne ist die heute definitiv ZU fit für mich. Ich beschließe daher, das zu ignorieren und schnappe mir das Jägerjournal vom Mai 2001. Das Tennismagazin vom Jänner 1998 hat schon ein anderer. Die Reihe vorm Empfang kann mich mal. Der Helga habe ich eh im Vorbeigehen die Ecard aus zwei Meter Entfernung freischwebend übergeben, wozu also noch anstellen?

Ich lese also gerade den spannenden Artikel über die Hirschjagd in Ungarn, da fängt der Knacker neben mir vom Wetter an. Jeder weiß, dass man im Wartezimmer seine Ruhe will, warum fühlt sich trotzdem immer einer bemüßigt, ein Gespräch vom Zaun zu brechen? Ich stimme ihm zu, ja, das Wetter ist echt scheiße, da bricht mein Aids immer besonders heftig aus, ob er meinen Ausschlag sehen möchte? Aber eigentlich wäre ich wegen der extrem ansteckenden Hepatitis da. Zwei Minuten später sind beide Plätze neben mir frei, und ich habe meine Ruhe.

Wahnsinn, was so ein Hirsch kostet!

In der Kinderspielecke weint eine kleine Zicke, weil das Puzzle fast fertig ist, aber genau ein Teil fehlt. Haha, der fehlte schon, als ich noch dort spielte, was jetzt doch schon ein paar Jahre her ist. Ihre Mutter tröstet sie, hilft aber nicht, und so landet das Puzzle nach kurzem Steigflug statistisch ziemlich gleich verteilt im Wartezimmer, wobei die Schachtel eine andere Schachtel am Kopf trifft. Na, sie ist ja eh schon beim Arzt. Einen besseren Platz, damit eine Wunde stundenlang nicht versorgt wird, gibt es gar nicht.

Nach drei Stunden komme ich dann eh schon dran, die Untersuchung dauert genau vier Minuten, dann gehe ich mit einem Rezept für Antibiotikum, *„damit der Infekt im Falle einer bakteriologischen bla bla bla nicht eskaliert."* Wenn da was eskaliert, dann meine Laune. Und Hunger habe ich auch. Und eine Krankschreibung, der Chef wird sich freuen. Alter,

Hubert, sag ich – dafür habe ich jetzt drei Stunden gewartet? Er grinst nur. Okay, nächstes Mal lasse ich ihm zwei Games mehr, das war mir eine Lehre. Wie es seinem Kotflügel gehe? Schon repariert?

Das Wartezimmer ist schon leerer, ein Kontrollblick durch das Fenster erhärtet meinen Verdacht aber nicht. Noch buddelt am Friedhof keiner ein Loch.

Als ich aus der Tür komme und zu meinem Auto gehe, steht es noch dort. Na also! Nur über dem Schild „PRESSE" hängt an der Windschutzscheibe ein Zettel mit der Aufschrift: „SCHROTTPRESSE wäre passender!" und daneben eine Organverfügung. Aber keine medizinische.

Drah Di net um!

Wer jetzt an den Kommissar von Falco denkt, liegt völlig daneben. Wobei wir auch schon beim eigentlichen Thema wären: LIEGEN

Ich weiß ja nicht, wie es euch damit geht. Wenn man die ganze Woche über immer um kurz vor sechs Uhr morgens durch einen bewusst ätzend gewählten Klingelton aus dem Schlaf geschreckt wird, ist man am Wochenende automatisch auch früh wach. Außer am Vortag wäre es spät geworden, was aber bei meinem gesittet-konservativen Lebenswandel nur sehr selten der Fall ist. Am Samstag gebe ich der Natur da meistens nach und stehe also früh auf. Carpe Diem, wie der Franzose sagt. Was? Das ist lateinisch? Okay, ich wusste gar nicht, dass ich das auch kann. Egal!

Samstag okay! Aber am Sonntag, Leute, da sehe ich es einfach nicht ein, so früh aufzustehen, wenn nicht gerade ein Formel Eins Grand Prix in Australien oder in Japan stattfindet. Da gibt es dann also zwei Möglichkeiten:

Erstens: Man steht kurz auf und lässt das Rollo herunter, das man beim Zubettgehen um vier Uhr früh vergessen hatte. Nein, nein ... es war keine Party. Um zehn vor dem TV eingeschlafen. Standard. Um vier wach geworden, als im ORF gerade eine Wiederholung von „Lieber Onkel Bill" aus den Siebzigern läuft, und ins Bett gewankt. Nachdem es dann bei heruntergelassenem Rollo wieder dunkel ist, schläft man herrlich bis neun oder zehn, bis halt die Kinder Hunger haben. Dann steht man auf, um auch die Türe zuzumachen. So schnell verhungert keiner!

Zweitens: Man ist zu faul für das Rollo und dreht sich nur um, weg von der Sonne. Und da nimmt dann das Unheil seinen Lauf.

Ich habe das jetzt nicht wissenschaftlich hinterfragt, aber ICH träume vor allem morgens, wenn ich nur so ca. zu drei Viertel schlafe. Oder vielleicht erinnere ich mich auch nur dann an meine Träume, was aber auf das Gleiche rauskommt, denn woran man sich nicht erinnert, das hat man nicht erlebt, oder? Philosophie Ende!

An das, was ich am Wochenende geträumt habe, erinnere ich mich leider. Die Traumdeuter unter euch warne ich gleich vor: Meine Träume haben sich noch immer jeder Deutung entzogen. Oder man hat sie mir aus Rücksicht auf meine empfindsame Psyche nicht mitgeteilt. Vielleicht beides. Eigentlich will ich es auch gar nicht so genau wissen.

Ich dreh mich also rollostressvermeidend um – und bleibe wach. Kennt ihr die Träume, wo ihr die ganze Zeit glaubt, ihr wäret noch immer wach? Komischerweise liege ich jetzt nicht mehr im Bett, sondern sitze auf einer Holzbank beim Wirtn. Beziehungsweise liege ich eher, weil mir das Glas runtergefallen ist und ich es vom Boden aufklauben will. Lustigerweise ist es so geschickt runtergefallen, dass das Bier nicht ausgeronnen ist. Nichtmal im Traum würde ich einen Tropfen dieses kostbaren Elixiers verschütten, DAS kann man traumdeuten! Und wie ich so schaue, sehe ich gegenüber zwei bestrumpfte Beine in einem kurzen Rock. Ich brauche also etwas länger, um das Bier aufzuheben. Da merke ich, wie die Holzbank, auf der ich sitzliege, beginnt, meine Wange aufzufressen, nein eher zu verschlucken, eine ganz natürliche Sache in einem Traum, aber ziemlich schräg, wenn man glaubt, dass man wach ist.

Die Holzbank gegenüber frisst auch eine Backe, aber keine im Gesicht, allerdings ist mir das jetzt egal. Ich schrecke hoch, reiße mich los, die Bank will aber die Wange nicht gleich freigeben, was meine Züge ziemlich verzerrt, bis es einen ziemlichen Schnalzer macht, und die Wange in ihre angestammte Position zurückschnellt. Da merke ich, dass die Bank jetzt an meinem Hintern knabbert. Okay, soll sie. Zumindest ein wenig, dann könnte ich mich noch kurz auf den Bauchspeck legen, sicher billiger als eine Fettabsaugung!

Ich entscheide mich dann doch, aufzustehen und alle darauf aufmerksam zu machen, dass das eine carnivore Wirtshausbank sei! Naja, ist ja auch der Dorfwirt und kein veganes Restaurant. Als ich also neben dem Tisch stehe, sehe ich, wie der Tisch meine Zigaretten zu fressen beginnt. Das geht jetzt aber echt zu weit, bei den heutigen Tabakpreisen! Todesmutig entreiße ich sie ihm, das Bierglas habe ich in der anderen Hand. Die anderen Gäste grinsen mich an, während sie langsam in den Möbeln verschwinden und ich merke, dass etwas an meinen Füßen knabbert.

Ich zünde mir eine Zigarette an, wozu ich meine dritte Hand (das ist doch ein Traum, wird mir jetzt langsam klar!) nehme und halte sie mit der Glut an den Tisch, der daraufhin mit einem lauten, unmenschlich übernatürlichen Schrei zerplatzt. Dann halte ich sie an die Bank, auch sie verschwindet mit einem gellenden Aufschrei. Mittlerweile hat der Boden meine Füße bis zum Knöchel verschluckt. Es tut nicht weh, ich sinke einfach ein. Irgendwie fühlt es sich feucht an, vor allem an den Zehen. Ich bücke mich und halte die Zigarette an den Boden, auch er verschwindet und ...

... ich wache auf und sehe, dass der verdammte Kater meine Zehen abschleckt. Habe wohl um vier doch wieder einmal die Tür offengelassen.

Gedankennotiz: Wenn du dich in Zukunft nochmal umdrehst, um weiterzuschlafen, dann lass das Rollo herunter und mach die Tür zu!

Einschulung – ein Tatsachenbericht

Manchmal braucht man gar nichts erfinden, das Leben schreibt die schönsten Geschichten sowieso selbst. Und eine davon ereignete sich 2008, als wir während der in Österreich und der Schweiz stattfindenden Fußball Europameisterschaft eine hochwichtige Veranstaltung besuchten. Es ging um die Einschulung unserer Zwillinge, die im Herbst in die erste Klasse Volksschule kommen würden. Im Sommer fand dazu eine Informationsveranstaltung im Festsaal der Schule statt. Alles da, was Rang und Namen hatte, Direktor, Lehrkörper (jüngere und ältere Körper, sogar ein, zwei nett anzusehende weibliche Körper), alle Eltern – nur die Hauptpersonen nicht: die Kinder. Die durften schwänzen und sich das Spiel Kroatien gegen Deutschland ansehen. Die Oma passt eh auf. Für die Mütter war die Veranstaltung eine willkommene Gelegenheit, an diesem Sommertag ihren Modewettkampf auszutragen, wobei man von absoluten, modischen NoGos bis teurem Markenfummel alles sah. Nur halt keine Pelze. Die mussten bis Allerheiligen warten. Hat mich eh gewundert. Ich weiß nicht, wer dann schlussendlich gewonnen hat. Also den Modewettkampf. Das Spiel gewann Kroatien 2:1, was sowieso viel wichtiger war.

Da sitzen also etwa 120 Eltern im Saal und bekommen allerlei wichtige Dinge erklärt. Dass man nur Bleistifte mit CE Prüfzeichen kaufen soll, weil die sicherer sind (das tat mir physisch weh, aber ich will hier gar nicht über CE g'scheiteln, ich habe damit im Beruf genug zu tun). Ich fragte vorsichtshalber nur, ob das Einfluss auf die Noten hat, worauf leider keiner lachte. Die Frage wurde hingegen ganz ernsthaftest verneint. Nur mein Spezl, nennen wir ihn zwecks Anonymisierung Karli, der lachte, der kennt mich aber auch. Der Karli und ich saßen auch ganz hinten, wir waren schon in der Schule immer die bösen Buben in der letzten Reihe, warum das jetzt ändern? Als ich ihm dann noch sagte, ganz leise natürlich, dass CE Bleistifte nicht so schnell abbrachen, wenn man damit das beliebte Schülerspiel *„triff zwischen die Finger"* spielt (ja, das macht man normalerweise mit dem Taschenmesser, aber nicht in der Volksschule), lachte er so laut, dass der vortragende Herr Direktor ganz pikiert zu uns her blickte. Wir haben uns fast ein wenig gefürchtet, manche eingelernte Verhaltensmuster wird man eben nie los.

Unsere Gattinnen saßen glücklicherweise ganz vorne und konnten somit so tun, als gehörten sie nicht zu uns. Das tun sie eh immer, außer wir müssen zahlen, im Schuhgeschäft oder so. Eh klar. Die waren halt schon immer Streberinnen gewesen. Und so hatten wir, der Karli und ich, unsere Hetz da hinten, nur der Ivica, unser Dritter im Männerbund, der fehlte. Und ich hatte da so meine Vermutung, warum ...

Als wir wieder einmal ein wenig zu laut lachten, weil der Karli mir gerade in seiner naiv-lustigen Art erzählt hatte, wie der letzte Einkaufsbummel mit seiner Frau verlaufen war, drehte sich weiter vorne eine aus der Modefavoritentopgruppe (die war tatsächlich im gelben Trikot!) um und hielt uns mit einem

„Pscht! Man versteht ja nichts!", das eigentlich fast lauter als unser Lachen war, an, uns zu benehmen. Ich konnte nicht anders, als ihr noch ein wenig lauter zur Kenntnis zu geben, dass man sich eben GANZ nach vorne zu den Strebern setzen sollte, wenn man vorhatte, dem Unterricht folgen zu wollen. Hinten säßen nur die Genies. Was mir einen bösen Blick meiner Frau eintrug. Was mir wie immer completely scheißegal war. Was sie merkte und noch böser blicken ließ. Was mir ... ach lassen wir das!

Zweiundzwanzig Minuten redete der Direktor jetzt schon. Echt ätzend. Dabei hatten sie eh Merkzettel verteilt, wo alles, was er sagte, eins zu eins drauf stand. Ich meinte – wiederum zu laut – zum Karli, das wäre nur eine Sicherheitsmaßnahme für die Analphabeten hier. Der Rest: *„Pscht!"*, etc. ist weiter oben nachzulesen.

Der Direktor redete unbeeindruckt weiter. Und dann kam es zum Eklat, zum Finale furioso, zum Volksschuleinführungsabendskandal, zum Elfmeterschießen des Vortragsabends, mit einem eindeutigen Sieger:

Während der Direktor gerade beim wichtigsten Teil seines Vortrages war, also den Pflichten der Schüler und der Eltern (von denen der Lehrer redet er komischerweise gar nicht), kracht die Flügeltüre mit einem lauten Knall auf und herein stürmt der Ivica, in voller Montur, soll heißen in der kroatischen Teamdress, bleibt stehen, reißt die Faust hoch und

BRÜLLT, ja er hat wirklich gebrüllt wie ein völlig exaltierter Fan im Stadion, nur etwas lauter:

„ZWA ANS!!!!"

Und da wusste ich: Der Abend war doch nicht umsonst gewesen!

Da bleibt dir der Mund offen!

Zahnärzte sind so eine Sache. Keiner geht gern hin, jeder geht gern weg. Ich habe schon so viel bei Dentisten erlebt, das würde mehr Bücher füllen als Löcher in den Zähnen eines Konditoreistammgastes. Radikale Sachen waren hier dabei, also an die Wurzel gehende, weil „Radix" ja Wurzel heißt (im Wartezimmer hat man Zeit, Vieles zu googeln). So richtig (zahn-)reißerische Essays könnte man da schreiben, aber ich beschränke mich hier auf die zartschmelzende oder zahnschmelzende Variante, okay? Ich will ja nicht, dass euch gleich der Schmerz einschießt.

Ich war also viele, viele Jahre beim gleichen Pappenklempner. War auch immer zufrieden, wenn man von den Schmerzen absieht, aber eines hat mich stets furchtbar genervt: Da sitzliegst du in diesem Kunstledersessel, krampfhaft die Armlehnen festhaltend und in die viel zu grelle OP Lampe stierend, als könntest du den Schmerz mit den Händen in den Sessel ableiten, während ein fremder Kerl dir in deinem Mund herumfuhrwerkt, als gehöre der ihm ganz persönlich. Geht ja noch an, macht nur seinen Job, redest du dir da ein, während er genüsslich einen monströsen Bohrer aufpflanzt (die schauen aus der Nähe wirklich größer aus) und dir den Sauger in den Mundwinkel hängt. Die Sauger hasse ich am meisten. Dort wo sie saugen, trocknest du aus wie eine alte Jungfer und daneben rinnt dir der Speichel, manchmal mit Blut vermischt, in den Schlund – und du kannst aber nicht husten. Nur ein wenig würgen, bis sich der Typ erbarmt und dich mal ausspucken lässt. Oder bis sich die hübsche, junge Helferin in ihrer halbdurchsichtigen, weißen Bluse (warum kann die nicht ganz durchsichtig sein?) an ihre eigentliche Tätigkeit erinnert, statt mit dem Arzt zu flirten (wenn das seine Frau am Empfang wüsste!). Komischerweise ist die Helferin immer genau dann zugegen, wenn es besonders weh tut. Vermutlich, damit man sich am Riemen reißt. Alles Taktik!

Das Allerschlimmste ist jedoch, wenn man mit offenem Mund daliegt und politische Ansichten reingedrückt bekommt, ohne dass man sich wehren kann. *„Gell Herr Leitenbauer, das mit den Asylanten ist ein Wahnsinn! Denen stopft man das Geld hinein, und wir müssen das alles pecken!"*

Man möchte jetzt eigentlich sagen: *„Ja genau, vor allem die armen Zahnärzte!"* aber raus kommt nur ein unverständliches *„Aaammmpffmmmnnnaammmzzztt!"* Das kotzt mich an!

Also die Konsequenz ziehen – und nicht mehr zum Zahnarzt gehen! Gesagt, getan. Rechnung ohne meinen Backenzahn gemacht. Neuen Zahnarzt gesucht, Termin gemacht, hingegangen. Am Parkplatz mit dem Schild „Arzt" steht ein Porsche Carrera, Kennzeichen „WL-PEIN 1". Der Typ hat Humor, wobei man sich das überlegen sollte, also das mit dieser Nummer, auch wenn man Peindorfer heißt.

Diese Ordinationen haben eine ganz eigene, unverwechselbare Aura, oder? Irgendwie austauschbar. Immer die gleiche Art von Stühlen, die gleichen, drei Jahre alten Zeitschriften

„Unser Garten", „Motormagazin" oder „Der Jäger" (je nachdem, was für ein Hobby der Arzt hat), der gleiche, unverwechselbare Geruch, der dir schon beim Betreten des Warteraumes signalisiert, dass dich Unheil und Schmerzen erwarten und es deinem Gehirn gestattet, sich während der unvermeidlichen, langen Wartezeit darauf „einzustellen". Wenn man sich ohne Vorwarnung in den Finger schneidet, kommt der Schmerz langsam im Laufe der nächsten Minuten. Der Körper ist einfach zu überrascht. Zahnarztwartezimmer hingegen sind dazu da, dir diese Überraschung und den damit verbundenen Schutz zu nehmen, als wenn dir die Plakate über richtiges Zähneputzen mit ihrem strahlend weißen Lächeln hämisch grinsend sagen wollten: *„Na Freundchen? Du weißt, es wird weh tun! Heute besonders! Der Arzt ist schon müde, seine Hände zittern. Er hat gestern seine Hecke geschnitten. Du kannst ja im Gartenjournal nachlesen, wie das geht. Liegt vor dir auf dem Tisch."* Wieder dieses diabolische Zahnpastagrinsen.

Da hilft es dir auch nicht, den Blick an die andere Wand zu heften, wo die Trophäen des Arztes fein säuberlich auf einem Regal stehen um Staub anzusetzen. Gebissabdrücke, fertige Gebisse, und so weiter. Wobei man sich immer fragt, warum da fertige Gebisse stehen. Wenn der Arzt etwas taugt, sollten die im Mund der Patienten stecken. Entweder hat er also einen geheimen Deal mit dem Totengräber oder er taugt nichts.

Das ist dann der Punkt, wo deine Zahnschmerzen auf einmal wie durch ein Wunder verschwunden sind. Du willst aufstehen und dich aus der Tür schleichen, aber nein, du bist ja kein Feigling! Du bleibst. Weil du ja auch weißt, dass die Schmerzen spätestens zuhause wiederkommen. Lieber ein Ende mit Schrecken, als ein Schrecken ohne Ende! Mutig, muss ich schon sagen! Hoffentlich hält der neue Zahnarzt beim Arbeiten wenigstens den Mund, ein passender Vergleich, finde ich!

Dazu noch diese penetrante weiße Kleidung, vom Arzt über die Sprechstundenhilfe bis zur Putzfrau. Ein Wunder, dass nicht sogar die Fliegen an der Wand Albinos sind. Warum eigentlich ausgerechnet weiß? Das weißt du doch! Damit man das Blut besser sieht, dass dir gleich aus deinem Zahnfleisch und deinen Zähnen spritzen wird. Weiß kann man auskochen. Wenn er morgen wieder in seine Ordination kommt, der ausgekochte Bursche samt ausgekochtem Hemd und Hose, hat er alle Spuren beseitigt, wie ein listiger Verbrecher in einem Roman von Arthur Conan Doyle. Das reinigt das Gewissen praktischerweise gleich mit. Falls er überhaupt eines hat!

Wenn du dich jetzt am Gipfel des Mount Everest der schlimmen Vorahnungen befindest, kommt der Patient aus dem Behandlungsraum zwei, dessen kläglisches aber doch lautes Wimmern und Schreien du die letzten zehn Minuten versucht hattest auszublenden, was deine Panik noch potenzierte. So ein wenig, als würdest du da oben am Gipfel des Berges noch versuchen, ein klein wenig höher zu hüpfen. Du wartest darauf, dass die Sprechstundenhilfe über den völlig unnötigen Lautsprecher, weil sie sowieso gerade einmal drei Meter weiter hinter ihrer Theke sitzt, ruft: *„Herr Leitenbauer, bitte in Behandlungsraum Zwei kommen!"* Du kannst ihre verstohlen grinsende Schadenfreude richtig heraushören.

Also zur Behandlung? Nein. Das wäre zu einfach. Und zu schnell. Sie ruft dich zwar, aber zuerst gehst du brav mit ihr zum Röntgen. Du drückst mit dem Daumen den Film fest auf deine Zähne, worauf der Schmerz jäh aus seinem Wartezimmernickerchen erwacht, sie verlässt den Raum und schließt sechs Türen, wobei die Strahlen aber angeblich eh harmlos sind, du hörst es summen, sie kommt zurück, du gibst ihr den Film und darfst dich zu einer zweiten Halbzeit Panik in den Warteraum setzen. Verlängerung nicht ausgeschlossen! Und diesmal schläft der Schmerz nicht wieder ein. Oder erst kurz bevor du wirklich in den Behandlungsraum darfst. Sollst. Musst. Und dort merkst du dann recht schnell, dass du in Wahrheit noch gar keine Ahnung davon hattest, was Schmerzen sind. Zumindest, wenn dich der Arzt da drinnen nicht vorher noch zehn Minuten die fein säuberlich aufgereihten, spitzen und chromglänzenden Instrumente begutachten lässt, bis er endlich mit seinem jovialen *„Na, wo fehlt's denn?"* aus dem Einserzimmer hereinkommt.

Und hält er den Mund? Was soll ich sagen – nur deinen, nicht seinen, das Gleiche in grün. Nur halt drückt der dir keine politischen Statements in deinen geöffneten Mund sondern seine Wandergeschichten: *„Gestern war ich auf dem*

Traunstein, ich sag' Ihnen, Herr Leitenbauer, da muss man länger warten als bei mir im Wartezimmer, so viele Leute. Waren Sie schon einmal auf dem Traunstein?"

„Mmmmpff!"

Na, wenigstens hat er den Backenzahn repariert. *„Wir sehen uns in sechs Monaten wieder, Herr Leitenbauer!"* Ja klar, träum weiter. Ich geh' nur zum Arzt, wenn es nötig ist. Ärzte machen nämlich krank, denke ich mir und fahre nach Hause.

Zwei Jahre später ist es wieder so weit. Ich sitze wieder in seinem Sessel und krampfe mich an die Lehnen, bemühe mich, die Beine entspannt aufzulegen und überhaupt sehr cool zu wirken, die neue Helferin soll sich nicht fremdschämen müssen. Süße Maus, das Mädel. Diesmal hab' ich im Wartezimmer besonders viel Zeit, hab' schon ein halbes Buch gelesen, *„Marathonmann"* von William Goldman. Keine wirklich gute Idee, ich komme genau dran, als ich mit der Folterszene des Zahnarztes im Buch fertig bin. Der Peindorfer fährt jetzt übrigens einen Testarossa, gleiche Nummer, aber er scheint sich monetär verbessert zu haben. Na, sei es ihm vergönnt, solange er seine Arbeit gut macht.

Sieht er anders! Während er werkt, scheißt mich der Kerl zusammen auf einen Schillingfuchzig, was ich mir einbilde, einfach zwei Jahre nicht zu kommen. Er erwartet sich von seinen Patienten Kooperation, also Zusammenarbeit (ja, hatte ich auch so verstanden, bin ja nicht blöd!). Das geht die ganzen zehn Minuten durch, bis er fertig ist. Einmal fragt er, ob ich ihn verstanden hätte. Mein „*Machen Sie Ihre Arbeit und halten Sie den Mund!*" hat er vermutlich nicht verstanden, wie auch, wenn es klingt wie „*Maammma atttaa eeemmfff*"?

Als ich fertig bin und wieder reden kann, kommt er fünf Minuten nicht zu Wort. Eine ganz neue Erfahrung für ihn, wobei ich seine Frau natürlich nicht kenne. Vielleicht also auch keine neue Erfahrung für ihn.

Und ich bin jetzt übrigens wieder bei meinem alten Zahnarzt. Aber nicht, ohne ihm vorher zu sagen, dass ich keine politischen Gespräche mehr will.

Hätte es ihm nachher sagen sollen, dann hätte ich vielleicht eine Spritze bekommen.

Eh so derrisch!

„Derrisch" ist ein beliebter österreichischer Dialektausdruck und bedeutet wortwörtlich übersetzt nichts anderes als „taub". Man kann aber auch auf einem ganz bestimmten Ohr „derrisch" sein, wenn man zum Beispiel etwas absolut nicht hören will. Ich beispielsweise bin eh so derrisch, wenn jemand esoterisch wird. Und ich erkläre euch anhand eines Erlebnisses auch gerne, warum das so ist.

Ich bin also wieder einmal im Reformladen einkaufen. Man frisst so viel Gift in seinem Leben, da kann man beim Nahrungsmitteleinkauf schon auch mal ein bisschen aufpassen, oder? Ich kaufe daher gerne Biowaren, auch wenn die etwas teurer sind. Mein Gott, ich steh' halt drauf, dass das Kotelett am Grill nicht schrumpft wie der Pimmel beim Bad im kalten Gebirgsbach, oder? Wobei ich selten in Gebirgsbächen bade, wir haben schließlich Zentralheizung und Warmwasser im Haus.

Ich stehe da also vor den gefüllten Pflaumen, also denen im Regal, und suche nach Biorosinen. 100g für 5,49- puhhhh! Egal, meine Kinder mögen sie. Rein in den Wagen, da sehe ich, dass der Barcode durchgestrichen ist. Ich rufe nach der Verkäuferin und frage sie, was das soll, da erklärt mir eine freundliche Dame mit Kleinkind im Wagen, dass das deswegen gemacht werde, weil man so die Schädlichkeit des Strichcodes auf die Nahrungsmittel verhindern könne. Aha! Ich will natürlich jetzt wissen, worin diese Schädlichkeit bestünde und werde aufgeklärt:

Also diese Barcodes bündeln und verdichten die gefährliche kosmische Strahlung, lenken sie in die Lebensmittel und denaturieren diese damit.

Ui, das klingt gefährlich. Und was hülfe dann dieser Strich durch den Barcode, will ich wissen?

Der schließe die Kraftlinien kurz und neutralisiere den Effekt, werde ich aufgeklärt, wobei der Blick der Dame klar macht, dass sie sich wundert, wie ich so begriffsstutzig sein kann!

Jetzt hat sie meinen Eh-so-derrisch-Widerspruchssektor aktiviert, und weiß noch gar nichts davon. Die Arme. Ich weiß aber aus Erfahrung, dass man mit logisch-wissenschaftlichen Argumenten bei dieser Klientel nichts erreicht und probiere daher eine andere Strategie aus.

"Oh danke, gnädige Frau! Sie haben mir sehr geholfen! In Zukunft kaufe ich nur noch solche Produkte, wo der Code durchgestrichen ist. Oder noch besser, ich besorge mir einen Stift und streiche die selbst durch!", will ich sie ein wenig verarschen. Sie erklärt mir dann, dass es solche Stifte zwei Regale weiter um lächerliche 16,99- gibt. Sehen aus wie gewöhnliche Bleistifte, seien aber aus einem Spezialgraphit.

Erneuter Strategiewechsel. Die Dame zahlt, weil ihr Kleiner schon ein wenig unruhig wird, und will gehen. Da halte ich sie zurück:

„Gnädige Frau! Sie werden doch nicht gerade JETZT vor die Türe gehen? Noch dazu mit einem KIND!!!"

Sie will wissen warum nicht?

Da erkläre ich ihr, dass ein Bekannter von mir am Flughafen arbeite und genau jetzt, also um 16:25 Uhr, die Belastung mit Chemtrails aufgrund des Fluges der Air America am allerhöchsten ist. Mir würde das ja nichts machen, weil ich eine Schutzmaske mit hätte, aber ohne würde ich um diese Zeit niemals vor die Türe gehen. Viel zu gefährlich!

Sie wirkt jetzt verunsichert. Ich lege nach.

Außerdem sei – das wüsste ich von einem Freund in den USA, der im Pentagon als Whistleblower arbeite – derzeit eine hochgefährliche Krankheit im Feldversuch. Angeblich wäre Österreich das Testland. Diese Krankheit würde durch Berühren von Türklinken übertragen und führe zur langsamen Zersetzung des Gehirns. „Braindrain" nennen sie diese Seuche. Schützen könne man sich durch Handschuhe, sie hätte doch wohl welche dabei? (Es ist Hochsommer. Ich bin fast sicher, hat sie nicht!) Wenn man eine Klinke berührt hat, die verseucht worden wäre, dann könne man bis etwa eine Stunde danach auch die Hand mit griffigem Mehl einreiben und dieses eine Stunde darauf lassen. Das Gluten im Mehl zerstöre die Erreger, erkläre ich mit todernster Miene. Sie geht daraufhin zum Mehlregal und kauft (wohl das erste Mal seit langem) ganz normales, glutenhaltiges, griffiges Mehl. Hoffentlich verwendet sie es zuhause nicht irrtümlich zum Kochen, sonst stirbt ihre ganze Familie instantan an der eingebildeten Glutenunverträglichkeit. Also, falls sie draufkommen. Wenn nicht, werden sie wohl eh nichts merken.

Aber ab 18:30 Uhr sei die Hauptbelastung durch die Chemtrails eh vorbei, beruhige ich sie. Blöd nur, dass der Bioladen um 17:30 Uhr schließt. Schade, dass ich die zu erwartende Diskussion der Dame mit der Ladenbesitzerin nicht miterleben werde.

Dass sie davon nichts wisse, fahre ich fort, sei wahrscheinlich schon eine Auswirkung des mittlerweile an die Öffentlichkeit gedrungenen US Geheimdienstprogramms HAARP.

Ja, davon hätte sie schon gehört, meint sie. Da ginge es um Gedankenkontrolle, oder?

Ganz richtig! HAARP hieße *High Frequency Active Auroral Research Program*, erkläre ich. Und machen tun die das mit Radiosendern. Angeblich ist das gebührenfinanzierte, öffentliche Programm vom ORF da auch involviert. Man könne sich – kein Scherz – aber mit Aluminiumfolie um den Kopf gut schützen. Bei diesen Worten ziehe ich mein Jausenpapier aus der Tasche, gut dass ich es nicht weggeworfen habe, Umweltschutz ist also doch sinnvoll, und wickle es mir als Stirnband um den Kopf. Dann grüße ich artig und gehe.

Zurück lasse ich eine völlig verzweifelte, mit der Ladenbesitzerin über die hier nicht vorrätigen Chemtrail-Schutzmasken und Alufolien zu diskutieren beginnende Dame Mitte dreißig samt ihrem quengelnden Dreijährigen, dem langsam fad zu sein scheint.

Als ich zum Auto gehe, pfeift ein Flugzeug über mich hinweg und malt einen weißen Streifen an den blauen Himmel. Ich freue mich schon auf meinen Urlaub!

Hashtag #missverstaendnis

Letztens sitz' ich mit meinem Spezi, dem Karli, beim *<setze hier deine Vermutung ein wievielten>* Bier beim Dorfwirten. Es ist jetzt ja nicht so, dass wir das oft machen, nein, an manchen Tagen sind auch Fußballspiele oder Formel Eins Grand Prix im TV, da saufen wir nicht, beim Sport soll man ja nüchtern sein, sonst wird das nichts. Egal! Jedenfalls hat es der Karli nicht so mit dem „Intanetz", wie er sagt. Er hat mich kürzlich sogar einmal um elf Uhr abends angerufen, er war furchtbar verzweifelt, weil nichts mehr ging, und meinte: *„Herst Gü, i glaub i hob des Intanetz g'löscht!"*. Ich sah auf meinem PC nach, nein, das Internet war noch da, aber wozu hat man Freunde, also bin ich zu ihm gefahren und habe ihm den Browser halt neu installiert, und dann haben wir uns ein Bier genehmigt. Dafür wollte er mir mal im Garten helfen, sagte er. Mit den Brennnesseln, weil das schaue schon furchtbar aus, meinte er. Karli ist nämlich Gartenprofi! Den findest eher beim Hornbach als zuhause! Also, wenn er nicht gerade beim Wirten ist.

Aber das wollte ich euch jetzt gar nicht erzählen, das lenkt nur vom Eigentlichen ab. Tja, wir sitzen da so am Stammtisch, und meine Blase ermahnt mich schon länger, dass ich Platz für ein neues Bier schaffen soll. Ich will gerade aufstehen, als mich der Karli fragt: *„Sog, mochst du ah öfter Haschtag?"* Der Karli ist ein cleverer Bursche, aber mit dem Englischen hat er es fast noch weniger als mit dem Internet, trotzdem er jetzt ja sogar schon twittert. Ich verstehe ihn aber auch so, Hashtags meint er, und sag also: *„Ja klar, oft, eigentlich dauernd!"*, steh auf und geh' aufs Klo.

Als ich zurück komme, sitzt der Lois mit am Tisch und sie unterhalten sich über den Retter Österreichs, also über den Marcel Koller, und wir vergessen komplett auf die genauere Erläuterung, was Hashtags sind.

Am Nebentisch sitzt die Goldhaubenrunde. Die mögen mich nicht mehr, seit ich sie bei einer passenden Gelegenheit einmal als „Krampfadergeschwader" und „alte Schaasrodln" bezeichnet habe. Seitdem ignorieren wir uns gegenseitig immer konsequent, aber man sollte nie das Gehör von verärgerten Frauen unterschätzen! Insbesondere wenn es um einen „Haschtag" geht.

Nächsten Tag läuten mich um sechs Uhr morgens schon die Pflasterhirschen aus dem Bett. Samt Polizeihund stehen sie vor der Tür. *„Wenigstens habt's einen mit abgeschlossener Ausbildung mit!"*, sag ich. Ich bin nämlich stocksauer und kenne mich noch gar nicht aus, als sie mir eröffnen, sie hätten einen Durchsuchungsbefehl, weil sie Vermutung hätten, ich würde Drogen im Haus haben. Ob ich Drogen nehme? *„Nö"*, antworte ich wahrheitsgemäß, *„hab' als Student mal einen Joint geraucht, das war's dann aber auch schon!"*. Ob sie nichts G'scheiteres zu tun hätten? *„In der Nachbarschaft wird dauernd eingebrochen, da sehe man euch Kapplständer nie!"*, sag ich, was mir eine Verwarnung einbringt, dass das als

Beamtenbeleidigung ausgelegt werden könne. *"Na"*, sag ich, *"Beamten beleidigen will ich nicht, so viel Zeit hab' ich nämlich nicht, bis die den Witz auch verstehen, also kommt's rein!"*

Nach zwanzig Minuten und nachdem der Hund überall geschnüffelt und seine Haare hinterlassen hat, der räudige Bettvorleger, sagen sie, dass da offenbar nichts wäre. Sie würden sich jetzt noch gern den Garten ansehen. Ja klar, aber bitte die Brennnesseln in Ruhe lassen, die will nämlich eh der Karli ausreißen demnächst! Ich weiß genau, dass sie jetzt gerade die Brennnesseln sehr genau inspizieren werden, aber wenn mich die Plutzer am Samstag schon so bald aufwecken, dann will ich auch meinen Spaß haben! Dort wo jetzt die Brennnesseln wachsen, da wächst nämlich auch etwas Zierhanf, der ist harmlos, und ich habe ihn ganz legal beim Bella Flora gekauft.

Na was sag' ich euch? Lustig war's, wie sie vorsichtig ohne Handschuhe in den Brennnesseln herumgestochert haben. Ob ich Gartenhandschuhe hätte? Ja klar, aber bei meinen Handschuhen wäre ich eigen, meinte ich, da müssten sie leider selbst welche mitbringen, ich will mir ja schließlich nichts holen. *"Wer weiß, wo eure Hände vorher waren? Hab' den Jogi Löw noch zu gut in Erinnerung!"*

Ich hab' in der Zwischenzeit also ein wenig mit dem Hund Stöckchen geworfen, und weil mir da eines leider auskam und in den Brennnesseln landete, sprang der Köter mitten hinein und warf dabei einen der Kiwara um, sodass der auch einen unfreiwilligen Hechtsprung in die Nesseln machte. Er sah irgendwie lustig aus, wie er so heraus kroch, mit seinem roten Gesicht.

Und dann fanden sie den Zierhanf. Großes Erfolgserlebnis! Gleich Handschellen gezückt, da sagte ich ihm: *„Alter, das ist nur Zierhanf. Da kannst eine Tonne als Petersfeuer verbrennen und den Kopf in den Rauch stecken, außer Hustenreiz wirst du da nichts spüren! Der hat so viel THC wie du Ahnung von Pflanzen!"*

Sie rissen das Zeug trotzdem aus und nahmen es als Laborprobe mit. Ich schreib ihnen jetzt eine Rechnung, aber erst, wenn ich, nachdem der Karli den Rest der Brennnesseln entsorgt hat, neuen Zierhanf beim Bella Flora gekauft habe.

So viel hat der Karli jetzt eh nicht mehr zu tun mit den Brennnesseln.

Kalenderspruchtragödie

Hier stehe ich, im Anzug und warte. Aber fangen wir von vorne an.

Wir kennen alle die kitschigen Kalendersprüche mit den Binsenweisheiten, mit denen uns Facebook frühmorgens selbst noch den bittersten Ristretto zu einem unerträglich versüßten und verwässerten Latte macchiato umwandelt. Sprüche wie *„Erst wenn du gelernt hast, dich selbst zu lieben, werden dich deine Mitmenschen lieben können."* und so ein Zeug meine ich. Sprüche der Art, wo den Esoterikerinnen die Tränen über die Wangen kullern, dass sich die Schminke vor den Sturzbächen in Sicherheit bringen muss.

Ich bin darauf total allergisch. Stufe elf auf der zehnteiligen Allergieskala, das schlägt sogar noch einen zwangsweisen IKEA Einkaufsbummel an einem vorweihnachtlichen Einkaufssamstag. Glücklicherweise habe ich ja den Karli als Spezi. Dem ist das wurscht. Der ist so sensibel wie die Bereifung einer Straßenwalze. Aber kein schlechter Kerl. Naturbursche eben. Und solo seit einigen Monaten. Seine Frau hat ihn in punkto Sensibilität noch getoppt und sich mit seinem Spezi (nein, nicht mit mir!) im Ehebett vergnügt. Er hat sie natürlich sofort rausgeworfen und wohnt daher jetzt in einer kleinen Zweizimmerwohnung in der Stadt und zahlt Alimente.

Letztens am Stammtisch klagt er mir sein Leid. *„Alter"*, sagt er, *„Ich bin total einsam. Fussball schauen im TV ist ohne sie* *einfach nicht das Gleiche. Ich muss mir mein Bier selbst holen und habe letztens einen Lattenschuss verpasst. Hast nicht einen Tipp, wie ich an eine Frau komme?"*

Jetzt muss man wissen, dass der Karli nicht das ist, was man im Lexikon unter „Adonis" findet und leider auch keine pekuniären Schönheitsmerkmale aufweist, die die Frauen bei ihm in Dreierreihen anstellen lassen. Aber irgendwie muss dem Manne zu helfen sein, dachte ich mir. Und da fiel mir das mit den Sprüchen ein.

„Junge", sagte ich zu ihm, *„Das mit dem Lattenschuss ist eine Tragödie. Aber das mit den Weibern musst du auf die sensible Tour angehen. Du musst das Herz der Frauen erobern, und das geht nunmal am besten mit melancholisch-sentimentalen Sprüchen."* Gesagt getan, habe ich ihm ein paar notiert. *„Die lernst du jetzt auswendig und wirfst sie bei passender Gelegenheit unters Volk. Egal welchen wann, die funktionieren eh immer alle! Am besten reagierst du einfach auf ihre Stichworte. Wenn sie sagt, es wäre heiß, dann sagst du, nicht so heiß wie das Brennen in deinem Herzen. Oder so ähnlich. Okay Karli?"*

Das mit dem Auswendiglernen war so eine Sache, aber nach sechs Wochen konnte er die meisten Sprüche, er hatte sich auf aphorismen.de sogar noch weitere gesucht, und dann gingen wir auf Treibjagd im Einkaufszentrum. Wir hatten auch bald ein Opfer ausgespäht, süße Blondine, 165 groß, sehr schlank, etwa 45 Jahre, leidlich hübsch, blaue Augen, C-Töpfe und im Einkaufswagen ein Haufen Biozeug. Esoterikzielpublikum Klasse 1A. Hab' dem Karli etwas Starthilfe gegeben und ihm auch Biosachen in den Wagen geworfen, dann gab ich ihm einen Stesser, dass er sie unfreiwillig anrempelte und verdrückte mich hinter das Reformwarenregal. Und was dann folgte, könnte man glatt verfilmen, wenn das Ende nicht so erschütternd gewesen wäre, aber alles der Reihe nach.

„Bitte entschuldigen Sie, dass ich Sie angerempelt habe.", begann Karli, *„Aber wie ich nur ihre Schulter brüsk berührt habe, so haben Sie mein Herz berührt."*

Alter, denk ich mir, fall nicht gleich mit der Tür ins Haus! Die knallt dir höchstens eine!

Irrtum. Die war komplett konsterniert und stammelte nur etwas von wegen eh nicht so schlimm und so kein Problem, worauf Karli das Stichwort aufnahm: *„Gäbe es kein Problem, dann hätten wir doch nur das Problem, kein Problem zu haben, oder?"* Das schien ihr zu gefallen, und sie fragte ihn, ob er immer so tiefsinnig sei? *„Tiefe Erfahrungen sind eben wahres, unvergessliches Wissen!"*, antwortete er blitzartig, und ich merkte: Alter! Die springt an wie meine Harley bei 30 Grad im Schatten.

Es sei schon etwas ungewöhnlich, hier im Einkaufszentrum von jemandem so einfühlsam angesprochen zu werden, meinte sie, was Karli sofort mit einem Gedicht be- und zugleich entkräftigte:

Manchmal bin ich ein Engel
Bin einfühlsam und verständig.
Hab das Herz am rechten Fleck
und halte meine Arme ganz weit auf,
um Halt und Wärme zu geben.
Manchmal bin ich ein Engel

Wir hielten jetzt bei 1:30 Minuten seit dem Rempler. Und die Braut war bereits erledigt. Man sah das daran, dass ihr eine Träne aus dem Augenwinkel lief. Ein Elfmeter ohne Tormann für den jetzt richtig in Form gekommenen Karli: *"Wie gern wär' ich eine Träne von Dir! In deinen himmelblauen Augen geboren, über deine purpurnen Wangen wandernd, stürbe ich auf deinen heißen Lippen."*

Alter! Pass auf was du da machst! Auf den Kitsch kann doch nicht einmal die extremste Esotussi reinfallen, das gibt es doch gar nicht!

Doch! Kann! Tut!

Jetzt stehe ich nämlich nur hier im zwickenden Anzug, weil der Karli, der Trottel, mich dann hinter dem Regal hervorgeholt, eigentlich eher gegen meinen Willen mit Gewalt hervorgezerrt hatte und ihr als finalen Schlag, sozusagen als As beim Matchball, ins Ohr lispelte, was er wohl auch aus aphorismen.de hatte:

Ach, so zu lieben,
Ist eine Pein!
Liebst du mich, sag' mir
Ja oder nein?

Ach, was erlitt ich,
Seit ich dich sah!
Sag' mir doch endlich
Nein oder ja?

Hoffe kein Wörtchen
Groß oder klein;
Eh' du mir sagest
Ja oder nein!

Hier steht Günter
Der Trau(m)zeuge mein!

Sie weinte vor Rührung und sagte nur ein Wort: *„JA!"*

Und ich brauch jetzt einen neuen Saufkumpan, F***!

Epilog

Nun, die Ehe überstand sogar das erste Fußballspiel. Karli wollte von seiner Sybille (so heißt sie) ein Bier und bat sie mit den Worten:

Ach, wie wünscht ich mir
eine Träne von dir
wie sie zergeht am Gaumen.

Doch kann's nicht ertragen
müsstest du klagen
und wie solltest sonst du denn noch weinen?

Drum nehm ich stattdessen
zum heutigen Essen.
Auch gerne ein Bier!

Bring es mir!

Raindrops

Keine Angst – das wird keine Geschichte über das Wetter. Obwohl – irgendwie hängt es mit einem Donnerwetter zusammen. Naja, lest selbst!

Es begann alles damit, dass meine Söhne mich am Sonntag weckten, weil *„das Internet nicht geht"*, wie sie das ausdrückten. Ich verbarg meine Überraschung darüber, dass sie vor mir aufgestanden waren und war mir eigentlich ziemlich sicher, dass das Internet nicht verschwunden war, das hatte ja nichtmal der Karli geschafft, aber möglicherweise war der Router mal wieder abgestürzt. Also Stecker raus, Stecker rein, fertig.

Denkste!

„Papa, wir haben hier einen Webcast zu Minecraft, den wir nicht versäumen dürfen. Du MUSST das Internet zum Gehen bringen!"

Ah, deshalb schon um acht auf! Komisch, am Vatertag schliefen sie bis elf, das Frühstück machte ich mir auch an diesem Tag wie immer selbst.

Naja, wenn es nicht der Router ist, dann muss es der Provider sein. „UPS" heißt der, oder so ähnlich. Nomen est Omen! Also Hotlinenummer angerufen. Am Sonntag um acht Uhr morgens müsste das eh schnell gehen.

„Raindrops keep falling on Your head ... Guten Tag! Unsere Leitungen sind im Moment alle besetzt. Wir sind sieben Tage rund um die Uhr für die Anliegen unserer Kunden da und werden uns sofort um Sie bemühen, sobald einer unserer Mitarbeiter frei wird ... Raindrops keep falling on Your head ..."

Eigentlich mag ich das Lied, also warte ich in der gleichnamigen Schleife. Kann ja nicht so lange dauern.

„Papa! Der Webcast beginnt in acht Minuten!" − *„Kein Problem Jungs! Das geht sich sicher aus!"*

„Raindrops ..." Okay, nach dem vierten Mal kann ich es auswendig, nach dem siebten Mal beginnt es zu nerven. Immerhin hänge ich jetzt schon über zwanzig Minuten in der Schleife. Da KANN es einfach nicht mehr lange dauern! Gott sei Dank habe ich für den Anruf das Handy genommen, so kann ich wenigstens aufs Klo, auch wenn ich mich heute ausnahmsweise dazu hinsetzen werde, nachdem mir beim letzten Mal das Ding reingefallen ... ach lassen wir das!

„Raindrops keep ... Guten Tag! Unsere Leitungen ..." Mann! Frau! Das weiß ich mittlerweile! Wann meldet sich da endlich wer?

„PAPA! Es hat schon angefangen! Das ist WICHTIG!!!"

„Wichtig ist die Matheschularbeit morgen!", flüchte ich mich in ein typisches Elterntotschlagargument. *„Habt ihr schon dafür gelernt?"*

Ich sage das ins Leere. Beide Söhne verschwunden. Das Wort *„Matheschularbeit"* ist das Beamen für die Kinder unserer Zeit. *„Scotty, Energie!"* sagten wir, bevor wir uns dann verdrückten. Heute sagst du *„Matheschularbeit"*, und alle Kinder sind verschwunden. Du würdest sie dann nicht einmal mehr finden, wenn du mit Bluthunden suchst. Na wenigstens habe ich meine Ruhe für ...

„Raindrops keep ..."

9Uhr15. Langsam werde ich ungeduldig und überlege aufzulegen. Was völlig hirnverbrannt und irrational wäre, wie mir mein Logiksektor nüchtern mitteilt.

10Uhr30: *„Rain... Hallo, mein Name ist Janina Müller. Was kann ich für Sie tun?"*

Mittlerweile bin ich so stocksauer, dass das eigentliche Problem in den Hintergrund tritt und ich sie anbrülle, dass es ein Skandal ist, wenn man zweieinhalb Stunden in dieser belämmerten Warteschleife hängt. Schließlich sei man zahlender Kunde!

„Moment!", sagt Frau Müller, die im wahren Leben vermutlich Spicklbauer oder Hinterhofinger aber niemals Müller heißt

(und schon gar nicht Janine). „In diesem Falle ist die Stelle für Kundenbeschwerden zuständig. Ich verbinde!"

„Nein!", brülle ich, aber es ist zu spät!

„Raindrops keep falling ..."

Um 11Uhr07 lege ich frustriert auf. Ich sehe nach den Jungs. Sie sind am PC. „Danke Papa, läuft seit zwei Stunden eh wieder, und der Webcast war eh erst um halb zehn. Die haben ihn Gott sei Dank wiederholt. Du bist der Beste!"

Ich schwöre, ich weiß bis heute nicht, warum es wieder ging, aber man ist gern der Held seiner Söhne, und so mussten sie an diesem Sonntag zur Belohnung auch nicht Mathe lernen.

Zu Mittag gab es dann nur Pizza. Zum Kochen war kaum noch Zeit. Da klingelte das Telefon. Meine Exfrau. Wenn die am Sonntag anruft, dann will sie immer was von mir, meistens nur mein Bestes, aber gerade das brauche ich selbst. Ich hob daher ab und begann zu singen:

„Raindrops ..."

Pyjamagate

Ich habe euch ja letztens vom Karli erzählt, dem ich die Tipps gegeben habe, wie man eine Frau beeindruckt. Ging leider in die Hose wie frisch gepresster Süßmost. Jetzt ist er verheiratet und war schon zweimal nicht beim Stammtisch. Da macht man sich als alter Freund natürlich Sorgen, nicht wahr?

Und weil der Karli kürzlich Geburtstag auch noch hatte – fragt mich nicht den wievielten, ich weiß es ja nur, weil der immer um die Zeit Geburtstag hat, wo das French Open Finale ist, dachte ich mir, ich schau mal bei ihm nach dem Rechten. Also Geschenk gekauft (so ein Sechsertragerl Sechzehnerbleche kommt immer gut an) und zu ihm marschiert, an diesem Sonntagvormittag.

Ich läute also an und mache mich darauf gefasst, ein wenig zu warten, weil der Karli am Sonntag um neun Uhr normalerweise noch tief schläft – aber keine zehn Sekunden später öffnet er mir die Tür. Ich schau ihn an und bin sprachlos! Was die Ehe binnen Wochen aus einem Mann, der in seinen besten Jahren sonst mit beiden Beinen fest auf der Erde steht, machen kann, ist erschütternd! Mir kommen aus Mitleid fast die Tränen. Nein, nicht Mitleid mit dem Karli, Mitleid mit mir! Es war der Moment, wo ich wusste, ich würde einen lieben Freund für immer verlieren, oder jedenfalls bis zur Scheidung. Nein, eigentlich hatte ich ihn schon verloren. Ich tat mir so leid! Aber aufgegeben wird ein Brief, es lohnte sich vielleicht noch zu kämpfen. So nach dem Motto: Du hast zwar keine Chance, aber DIE musst du jetzt nutzen!

„Oida!", sag ich, *„Ist es so schlimm? Wie lange hast noch zu leben?"* Der Karli steht in einem blau-weiß-gestreiften Pyjama vor mir. So einen, wie man sie immer sieht, wenn man jemanden im Krankenhaus besucht. Seine Füße stecken in Schaffellpantoffeln. Bio vermutlich!

Auf Deutsch, für die unter euch, die es immer noch nicht begriffen haben: Sybille, Karlis Frau, hatte ihn innerhalb von ein paar Wochen domestiziert. Das ist eine gemäßigte Form der häuslichen Kastration, wo Männern über Häftlingskleidung, über Bio-Schaffell-Fußfesseln, sowie über Klositzvorschriften und Kräuterteegaben jeder Widerstandsgeist gebrochen wird, bis sie nur noch ja-sagende Schoßhündchen auf zwei Beinen sind. Stubenrein und pflegeleicht und ohne Aufforderung den Spüler ein- und ausräumend! Nach zwei weiteren Monaten machen sie dann schon das Frühstück, saugen den Fussboden und kochen, und nach einem halben Jahr tun sie eh alles, während sie mit ihren Freundinnen wellnessen ist. Und weil sie dann zuhause keinen Mann mehr hat sondern nur noch ein zitterndes Etwas, sucht sie sich irgendwann einen echten Kerl, so einen, der sich zum Frühstück ein Fünfhundertgrammsteak bestellt, so eine Reinkarnation von Dschingis Khan und Rasputin, der Probleme noch wie ein richtiger Mann mit dem Gaspedal löst, bevor er sich am Nachmittag das Muskelshirt auszieht beim Holzhacken. Und der braucht dazu nicht einmal eine Axt, der macht drei Festmeter Holz mit bloßer Hand!

Mit Tränen des heiligen Zorns in den Augen wiederholte ich die eben gestellte Frage. Karli war ehrlich tief erschüttert. Sein allerbester Freund machte sich Sorgen, er wäre krank. Solche Sorgen, dass er fast weinte.

„Boah, Alter!", meinte er, *„Glaubst ich trag das Ding gerne? Hat sie mir zum Geburtstag geschenkt. Muss ich jetzt a Zeitl anziehen, bis ich es unabsichtlich zerreiße, wenn ich an der Türklinke hängenbleibe – und eigentlich ist es sogar recht bequem. Keine kalten Schultern mehr im Bett."*

Ich fragte ihn, ob er früher oft kalte Schultern gehabt hätte? Nein, natürlich nicht, da hätte ihm ja niemand die Decke dauernd weggezogen, antwortete er. Ich: *„Eben! Du brauchst jetzt also einen Kastrationsüberwurf, ein Nacktschlafverhüterli, damit dir nicht dort kalt wird, wo dir ohne sie nie kalt geworden ist. Habe ich das richtig zusammengefasst?"*

„Ähm ..."

Und wozu denn um Alabas Willen die Bio-Schaffell-Monster an seinen Füßen? Wollte ich noch wissen.

Die hätte ihm die Freundin von Sybille geschenkt. Als Gastgebergeschenk, nachdem Sybille und er eine Schaffellparty ausgerichtet hatten, meinte er.

„Ist das so etwas wie eine Tupperparty, nur schmuseweich?", fragte ich ein wenig bösartig.

„Halt' die Klappe, Alter!" Er lachte. *„Hab's eh schon kapiert. Was hast du da im Sackerl?"*

„Ein Sechsertragerl. Scheinst du dringend nötig zu haben.", murrte ich schon ziemlich frustriert. *„Das trinken wir jetzt auf der Stelle, damit du wieder zu Sinnen kommst!"*

Als er mir jetzt eröffnete, dass er nur noch Wein trinke, aus der Nullsiebenerbouteille, weil Bier nach Sybilles Ansicht ordinär und bestenfalls etwas für diese Proleten sei, zog ich mit einem *„Gusch!"* von einer Dose den Verschluss ab und warf ihn neben der Haustür auf den Boden, der sauberer aussah als mein Bett, trank einen Schluck und hielt ihm den Kelch der Erkenntnis, gefertigt aus solidem Weißblech, auffordernd hin. Und er war nicht Jesus, der dem Satan widerstand.

Nach dem dritten Bier, also etwa zehn Minuten später kam sie nachsehen, was *„Karl"* (kein Mensch außer ihr nannte ihn so. Er war immer der Charly oder Karli gewesen), also was Karl so lange an der Haustür machte. Das Ausklopfen der Fußmatte konnte kaum so lange dauern. Sie grüßte mich mit offensichtlicher Ablehnung aber auf eine freundliche Art, wie das nur eine Frau kann, wenn sie Gefahr wittert. Hier stand er also, der Ungeist der Versuchung, der Satan des Widerstandsgeistes, der allein ihr Dressurvorhaben gefährden wollte. Wie zwei Gladiatoren im Endkampf, wie zwei Kapitäne einer Kriegsgaleere standen wir uns gegenüber, während Karli die Bierdose hinter dem Körper versteckte. Jetzt oder nie! Wir wussten es beide, Sybille und ich, die Stunde der Entscheidung war gekommen. Und so ging ich aufs Ganze und feuerte eine Breitseite der Emanzipation in ihre ungeschützte Flanke:

„Karliiiii, Oida, zur Feier deines Geburtstages gemma jetzt zum Stammtisch. Die Spezi wären alle tödlich beleidigt, wenn du ausgerechnet heute nicht kommen DARFST!"

Diese Salve riss ihr bildlich gesprochen achtern den Rumpf auf, knickte den Großmast – aber machte sie nicht gänzlich manövrierunfähig. Nun feuerte sie zurück:

„Karl", sagte sie weinerlich, *„du kannst gerne mitgehen. Ich hätte mich halt nur so gefreut, wenn du wie versprochen mit mir spazierengehen würdest. Ist aber nicht so schlimm, wenn du lieber mit deinen ... ähm ... Freunden ... ähm in diese Spelunke gehst."*

Der arme Karl! Hätte ich noch fünf Minuten mit ihm alleine gehabt, dann wäre der Ausgang klar gewesen. Sybille mittschiffs getroffen und versenkt! Hatte ich aber nicht. Mir war sonnenklar, die würde mich nie wieder auch nur eine Minute mit ihm unbeaufsichtigt alleine lassen! Pech, Karli!

An all das denke ich fast wehmütig zurück, während mir Sybille gerade in meiner Wohnung das Steak zum Frühstück macht.

Alptraum eines Schreiberlings

Schon als Kind wollte ich immer Dichter werden. „Dichter" dabei großgeschrieben! Obwohl ... nein, darauf gehe ich jetzt nicht ein! Einfach, weil ich nicht weiß, ob die Welt eine bessere wäre, wenn manche Leute dichter wären (als sie es sind). Bei manchen bin ich mir zwar ziemlich sicher, aber andererseits wären auch viele Erfindungen nicht gemacht worden, wenn die Leute konventioneller gedacht hätten. Lebenswichtige Erfindungen wie Eierkocher, Milchaufschäumer und Mobiltelefone zum Beispiel.

Aber nehmen wir beispielsweise die Frauen her (oder, wenn ihr eine seid, die Männer – das ist beliebig austauschbar, wir sind ja alle gleichberechtigt): Wie fad wäre denn das Leben, wenn alle Frauen streng nach logisch-rationalen Gesichtspunkten vorgehen würden? Da stellt sich glatt die Frage, ob sie uns Männer dann überhaupt heiraten würden? Und die Frage, ob die Welt dann besser oder weniger gut wäre. Nein, es wäre einfach langweilig. Es geht nichts über einen gepflegten Erklärungsnotstand eines Mannes, wenn ihn eine Frau mit dem Argument in die Enge treibt: *„Als ich dir heute eine Whatsapp-Nachricht schickte, warst du zwar online, aber die Hakerl wurden nicht blau. Mit wem hast du da wieder geschrieben?"* Und ein Smilie hinterher, als Tarnung, damit man nicht weiß, dass Feuer am Dach ist.

Da kannst du dich hundertmal auf ein zickendes WLAN in der Firma ausreden, oder auch darauf, dass du gerade ihre Nachrichten von gestern schmachtend noch einmal gelesen hattest. Von mir aus auch darauf, dass du mit deinen Kindern geschrieben hast, oder dass der Karli mal wieder deinen Rat brauchte – wenn sie ihren Logiksektor aus- und ihren Eifersuchtssektor eingeschaltet hat, fruchtet das alles nichts. Da steckt eine andere Frau dahinter und du virtuell gerade in dieser. Basta! Mach jetzt bloß nicht den Fehler und bringe ihr am Abend auch noch Blumen mit. Das wäre praktisch ein notariell beglaubigtes Schuldeingeständnis! Nein, das musst du einfach aussitzen und selbst eklig sein, bis es ihr zu blöd wird. Und am Wochenende eventuell mit ihr spazierengehen. Wenn es ganz hart kommt am Sonntag, während der Grand Prix läuft. Man sollte also in der Woche vor wichtigen Sportveranstaltungen whatsapp am besten deaktivieren oder gleich ganz deinstallieren.

Das sind schon schlimme Dinge, aber trotzdem bleiben es Peanuts. Lercherlschas sind das, gegen einen veritablen Schriftstelleralptraum! Ich rede jetzt nicht von einer Schreibblockade, nein da gibt es noch eine Steigerung, und die passierte mir gestern Nacht.

Es steht ja eine Autorenlesung bevor. Den Ausdruck Dichterlesung vermied ich hier ganz bewusst, das klang dann doch zu eingebildet (und außerdem kommen da aus Angst vor etwas Kultur noch weniger Leute). Das Datum rückte näher, und die Nervosität stieg. So viel, was da schiefgehen kann! Vor allem, wenn man der Autor ist.

Man könnte ganz alleine im Cafe sitzen, wo die Lesung stattfindet. Man könnte seine Bücher und seinen Kindle vergessen – oder gar die Brille! Man könnte heiser werden. Man könnte etwas Falsches gegessen haben und laufend aufs Klo müssen während der Lesung. Oder es könnte den Leuten schlicht und einfach nicht gefallen, und sie haben nicht einmal so viel Takt, dich danach darüber anzulügen. Aber das sind alles Dinge, die man mit „Immodium akut", einer geborgten Brille, dem Mitnehmen von Büchern UND dem Kindle oder dem Vermeiden von Fragen, wie es gefallen hat, lösen kann. Aber das, was ich geträumt habe, dagegen hilft ... rein gar nichts!

Man liegt also im Bett und träumt. In Träumen gibt es Dinge, die passieren in der Realität nie. Das ist das Gemeine dabei. Schon sitzt man nämlich im Traum da im Cafe, an exponierter Stelle, und liest aus seinem Buch vor. Modern wie man ist, am Kindle. Geht besser als aus einem gedruckten Buch, weil man die Schriftgröße so schön an die drei Dioptrien und die vergessene Brille anpassen kann. Man ist voll darauf konzentriert, nicht zu schnell oder zu langsam zu lesen und deutlich zu artikulieren. So konzentriert, dass man regelrecht abschaltet, in einen Tunnel eintaucht und gar nicht mehr beachtet, *was* man da liest. Nur *wie* man es liest ist wichtig, oder? Mit sonorer Stimme, fesselnder Intonation und dem nötigen Charisma.

Die Leute lachen, amüsieren sich köstlich, es läuft alles einfach perfekt. Nur die eigene Frau lacht nicht. Deren Blicke werden immer stechender, was man aber in der Konzentration gar nicht bemerkt. Sie läuft blutrot an, aber ihr Mann vorne liest weiter. Sie steht auf und geht raus. Er merkt es nicht. Wie gesagt, es ist ein Traum!

Dann kommt man ans Ende der Geschichte. Komisch! Habe ich jetzt wirklich das ganze Buch gelesen? Das ging schnell. Der Applaus ist allerdings ziemlich stark, also scheint sich entweder keiner fadisiert zu haben, oder alle sind extrem froh, dass es vorbei ist.

„Zugabe!", brüllt einer.

Wow, wer hätte das gedacht, dass das so ein Erfolg wird! Also noch ein Kapitel aus dem Buch, wenn es so sehr gewünscht wird.

Man greift noch einmal zum Kindle. Und dann merkt man, dass man gerade einen erotischen Liebesbrief von seiner Frau vorgelesen hat, den sie einem als Wiedergutmachung für ihre Eifersuchtsattacke vorige Woche mit Mail auf den Kindle geschickt hat.

Da macht das Aufwachen dann richtig Spaß!

Der Tag danach

Als ich noch in die Schule ging, war „*The Day After*" ein Blockbuster in den Kinos. Bitte schaut jetzt nicht nach, wann das war, es reicht eh, dass ich mich gerade erschrocken habe, wie alt ich schon sein muss. Egal. Das war ein toller Film, der die Auswirkungen eines Atomkrieges zum Thema hatte. Es war die Zeit des kalten Kriegs, des NATO Doppelbeschlusses, der Abrüstungsverhandlungen und die Zeit lange vor dem Zusammenbruch des kommunistischen Ostens und des Warschauer Paktes.

Also, warum nicht eine Geschichte daraus machen? Hier geht es aber nicht um Atompilze und radioaktive Vergiftungen, sondern um den Tag danach, samt kaltem Schweiß statt kaltem Krieg, Dopplergenuss statt Doppelbeschluss und Zusammenbruch des Kreislaufsystems statt Zusammenbruch politischer Systeme. Es geht um das *„Ma schau, mich prackt's!"* statt des Warschauer Pakts, könnte man sagen.

Kurz: Es geht um den Tag nach dem Weiberstammtisch, der in diesem Buch an anderer Stelle ja bereits thematisiert wurde. Dazu muss ich mich aber jetzt wieder in die Rolle einer Frau versetzen, aber schön langsam geht das eigentlich schon ganz easy.

„Ach du Schande, wann bin ich gestern eigentlich heim?", frage ich mich unwillkürlich, als ich samt Kleidung und Schuhen neben dem Bett aufwache. Immerhin – ich habe es bis ins

Schlafzimmer geschafft. Letztes Mal war es noch der Carport. Zu weiteren Gedanken kann ich mich nicht hinreißen, weil die Erinnerung an den Carport meinen Magen geweckt hat. Respektive die Erinnerung, wie ich den Carport vollgekotzt hatte. Ich stürze also aus dem Schlafzimmer, wo mein Mann offensichtlicherweise noch tief in die Decke vergraben schläft, und stolpere in Richtung Toilette. Tür auf. Oh Gott! War ich das gestern? Egal, darum kümmere ich mich nachher. Zuerst ...

Es ist sooooo grauslich, wenn ich kotzen muss. Manche Leute machen das einfach, waschen sich danach den Mund aus, und fertig! Ich sterbe jedes Mal fast dabei. Mir drückt es die reine Galle bei allen möglichen Körperöffnungen heraus, kein Wunder, der Rest dürfte sich schon gestern Nacht verabschiedet haben. Ich werde nie, nie, nie, nie wieder zu viel trinken! Ich schwör's! Außerdem war das Abendessen gestern rausgeschmissenes Geld.

Und wie es mich dreht! Was war das gestern? Ans Bier kann ich mich noch erinnern, an die Runde Tequila, die Alex gezahlt hat, weil sie Geburtstag hatte, auch noch. Haben wir dann mit den Tequilarunden weitergemacht? Petra fragen. Jawohl, die trinkt ja nie etwas. Allein der Gedanke an Tequila, wääääh!

Ich torkle abermals zum Häusl.

Danach unter die Dusche. Kalt. Vielleicht verschreckt das den Drehwurm. Bin ich echt so besoffen, dass ich die Dusche nicht mehr finde oder hat er gestern umgebaut? Bist du deppert, das war anscheinend wirklich ein kapitaler Rausch.

Die kalte Dusche hilft rein gar nichts. Ich muss immer noch eine Menge Restalkohol haben, mir kommt alles total komisch vor. Oder es hat einige der grauen Zellen erwischt, vermutlich. Ja, das wird's sein. Am besten zurück ins Bett und noch ein wenig schlafen.

Nein, vorher rufe ich Petra kurz an.

Hebt nicht ab. Mist. Dann Belinda, die alte Handyverweigerin. Die kann man nur am Festnetz anrufen. Wenn ich jetzt die Nummer nicht eingespeichert hätte, ich wüsste sie eh nicht mehr. Aber so geht es. Es läutet. Hier auch, anscheinend ruft mich jemand am Festnetz in der Küche an. Kann mich mal! Wenn es wichtig ist, wissen sowieso alle meine Handynummer. Belinda hebt auch nicht ab. Na, dann war ich wohl nicht die Einzige mit einem Filmriss, haha! Aber dass Petra nicht abhebt? Die trinkt doch sonst nie etwas.

Plan B: Zurück ins Bett. Ich sehe alles zweifach, also Augen zu. Besser. Danke für die Gratisfahrt im Ringelspiel. Egal, schlafen, schlafen, ... he! Was macht die Hand meines Mannes da? Will der etwa Morgensex? Ganz was Neues! Na, meinetwegen. Nur mach schnell. Die Augen lasse ich zu. Wenn ich die aufmache, kotze ich womöglich glatt noch einmal, und das wäre mir selbst bei ihm peinlich.

Holla die Waldfee! Hat der heimlich geübt? Wär' ja jetzt fast gekommen, trotz Kater! Nein eigentlich ist es kein Kater sondern immer noch ein kapitaler Vollrausch. Und irgendwie war er heute auch ... größer. Jetzt muss ich die Augen doch öffnen.

Ach du Schande. Das ist Belindas Neuer. Was macht der in meinem Bett? Ich springe auf und merke, dass das gar nicht mein Bett ist. Langsam, ganz langsam schleicht sich so etwas wie Verstehen in mein Gehirn. Es dreht mich, ich sehe zweifach, mir ist schlecht – aber ich ziehe mich schnell an, bevor er was merkt. Ist glücklicherweise gleich wieder eingepennt, war vermutlich bei seinen Kegelabend und selbst hackedicht. Was für ein Glück!

Ich torkle die Treppe runter und steige dem schlafenden Hund auf den Schwanz. Er jault. Ach halt die Klappe, du dämlicher Köter, das sind wirklich keine Probleme verglichen mit meinen! Belinda darf das nie erfahren!

Glücklicherweise wohne ich nur zwei Häuser von Belinda entfernt. Ich weiß nicht, ob ich in dem Zustand nach Hause gefunden hätte sonst. Ich sehe immer noch alles zweifach und es dreht mich, dass ich mich kaum auf dem Gehsteig halten kann. Zuhause angekommen probiere ich die Türklinke, bevor ich mich auf das Abenteuer mit dem Hausschlüssel einlasse. Halleluja, es ist offen! Ich gehe rein in die vertraute Umgebung und beschließe, mich gleich ins Bett zu legen. Mein Mann ist sicher schon auf und arbeitet im Garten, wie immer an Samstagen im Sommer.

Ich öffne die Schlafzimmertüre und ... doppelt sehen ist ja okay, aber was machen da die vier Frauen mit den beiden Männern in meinem Bett? Noch dazu alle nackt und die Bett-

decken liegen am Boden? Nie wieder Tequila, jetzt sehe ich schon Gespenster.

Da drehen sich zwei von den vier um, sie scheinen Zwillinge zu sein. Dieser Tequila war das reinste Teufelszeug, aber echt. Die sehen aus wie Petra, die beiden. Und die anderen zwei wie Belinda. Und die Männer ... ich schließe ein Auge und sehe klarer.

Anscheinend hatte mein Mann heute doch keine Lust zum Rasenmähen.

„Belinda, dein Telefon hat geläutet." Das kann ich mir nicht verkneifen. „Dein Freund hat aber noch so gut geschlafen und seinen Arm um mich gelegt, da wollte ich nicht abheben, um ihn nicht zu wecken."

Bedienung!

Wir sitzen hier im Cafe und lassen uns bedienen. Ist ja nett, dafür zahlen wir, und wenn die Kellnerin uns lieb anlächelt, während sie das Bier serviert, bekommt sie dann auch 20 Cent Trinkgeld. Vielleicht! Wie sagt der Niki Lauda? Ich hab' ja nichts zu verschenken! Ich bin überhaupt dafür, dass die Kellnerinnen mehr lächeln, vor allem wenn sie hübsch sind! Die Schiachen nicht, weil dann hab' ich eine Ausrede, dass ich mich beschweren darf und kein Trinkgeld geben muss, und – seien wir ehrlich – netto bleibt uns allen ja eh immer weniger im Börsl. Wir haben jetzt zwar keinen Schilling mehr, aber dafür einen Schelling. Kein guter Tausch! Ein permanenter hypopekuniärer Schockzustand im Geldtascherl, sozusagen!

Aber wenn man älter wird, versucht man, etwas dazuzulernen. Und so habe ich versucht, mich in die Lage der Kellnerinnen zu versetzen. Am Beispiel eines Kärntner Cafes in einem Touristengebiet. Politprofis merken hier natürlich sofort den inhaltlichen Bogen zum HYPO-pekuniären Schockzustand. Sich in die Person einer Kellnerin zu versetzen war übrigens nicht einfach, aber das Ergebnis hat mich überrascht wie ein schon nach nur zwanzig Minuten und drei Mal Nachfragen servierter großer Brauner.

Es ist 5:30 Uhr. Ich stehe auf. Ich bin eine hübsche Frau, mittelgroß, brünett, gute Figur, Mitte Vierzig aber noch rüstig beisammen. Dusche, Morgentoilette, nichts besonderes, bin da wie alle Frauen. 20% der Zeit gehen im Bad drauf, 5% für das schnell hinuntergeschluckte, trockene Brot vom letzten Samstag und 75% vor dem Kleiderkasten. Macht 100%. Die restlichen 20% brauche ich für die Auswahl der Schuhe. Richtige Frauen geben sich nie mit 100% zufrieden!

Die Schuhauswahl gestaltet sich wie jeden Tag schwierig. Ich habe etwa 90 Paar Schuhe, davon sind zwei Paar geeignet, mich den Tag ohne Bänderriss und extreme Kreuzschmerzen überstehen zu lassen. Die zwei Paar bleiben auch heute wieder im Kasten. Ich entscheide mich für die beigen Achtzentimeter Heels, die passen gut zum braunen Rock und der weißen Bluse. Ja, ich weiß, am Abend werde ich sie verfluchen. Aber besser in Schönheit sterben als mit Birkenstockschlapfen dahinvegetieren! Man muss halt ein bisserl aufpassen über die Treppe zum Gastgarten!

Glücklicherweise habe ich nicht weit in die Arbeit. Es ist ja schwierig, heute in der Nähe einen Job zu finden. Ich habe da Glück gehabt und habe nur 30 Kilometer zu fahren. Leider durch die Stadt. Aber nach knapp eineinhalb Stunden bin ich im Cafe. Lief heute richtig gut, kaum Stau. Um 9:30 schließe ich auf, backe die Croissants und das andere Zeugs auf und kontrolliere die Tische. Wetter ist top, also im Gastgarten auch noch alles herrichten. Wir öffnen um zehn Uhr. Pünktlich um 10:15 Uhr sperre ich auf, ich bin heute früher dran. Der Lois wartet schon. Stammgast. Der kommt jeden Vormittag, trinkt zwei Bier, isst ein Croissant, und erzählt mir einen Witz. Meistens einen, den ich schon kenne, aber ich lache natürlich pflichtschuldigst trotzdem. Das macht 8,10- EUR. Er gibt mir immer 9,- EUR, manchmal sogar 10, vor allem am Monatsanfang. Der Lois ist Frührentner. Leber geschädigt. Ich hoffe, sie hält noch ein wenig! Problemloser Gast!

Ich teile mir die Gäste ja grob in mehrere Kategorien ein:

Loisianer sind problemlos, unkompliziert, nett und geben Trinkgeld. Das sind mir die liebsten. Da beeile ich mich auch immer, solche Gäste lässt man nicht warten.

Die zweite Kategorie ist ...

Ah, da kommt die Annemarie! Da ist Vorsicht geboten. Die ist Lehrerin, und jetzt haben wir Ferien, was bedeutet: Annemarie hat unglaublichen Stress! Annemarie ist seit etwa zehn Jahren 49 und hat meinen Ältesten bei der Matura in Deutsch derart gepiesackt, dass er ganz verzweifelt war und ihr nachher das Auto aufgebockt hat. Die Räder hat er in der Schule am Lehrerklo versteckt. Leider ist die Annemarie etwas übergewichtig, und als sie einstieg ... naja, sie hat nie rausgefunden, wer es war. Gott sei Dank!

Annemarie holt immer das Frühstücksgebäck für sie und ihren Mann. Brave Frau, oder? Der macht in der Zwischenzeit Frühstück und die Betten und füttert die Katze. Danach muss er eh Wäsche waschen, wenn er dazu noch Zeit hat, bevor er ins Büro geht. Sonst halt am Abend.

„Oh, neuer Rock? Das Geschäft geht gut, was?" Annemarie ist immer so aufmerksam! Auch beim Zahlen. Damit ich weniger

Arbeit habe, zählt sie die 2,40- für die drei Flesserl immer ganz genau ab. Am Nachmittag kommt sie dann eh nochmal, auf einen kleinen Braunen und eine Sacher mit Schlag. Da ist nämlich der Gustl meistens auch da. Sie sitzt dann immer so, dass sie ihn gut im Blick hat, aber den Gustl interessiert nur der Sportteil der Krone und die Seite 5. Der Gustl ist ein Loisianergast. Die Annemarie nicht. Die ist Gast der Kategorie „Nurnetanstreifen". Das ist die zweite Kategorie. Die geben kaum Trinkgeld, nörgeln auch nicht viel, aber hinterher beschweren sie sich beim Chef oder der Nachbarin – wer halt gerade greifbar ist – weil der kleine Braune „ewig gebraucht hat, bis er kam". Neuerdings beschweren sie sich sogar im Gästebuch im Internet, meistens anonym. Aber Lehrerdeutsch erkennt man leicht. Na ja, probier es mal mit Trinkgeld, Annemarie, dann wirst du dich wundern, wie schnell das hier gehen kann!

Der Gustl sitzt meistens bis Mittag da. Ich glaube, der steht auf mich. Er ist geschieden, seine wirklich hübsche Exfrau war auch Lehrerin. Bis sie einen Mann mit einigen hunderttausend inneren Werten kennengelernt hat. Jetzt ist sie „einfach nur noch Frau", wie sie sagt. „Sie habe die Frau in sich entdeckt und wiedererweckt." Das hat der Gustl nie verkraftet, aber ich mag ihn, aber halt nur als Mensch, nicht als Mann. Der ist mir einfach zu nett. So a bissl wie die Katze vom Nachbarn, nein eher wie unser Hund. Anhänglich, nett – und wenn es donnert verzieht er sich unter den Tisch und winselt. Ein Mann sollte sich durchsetzen können und auch mal auf den Tisch hauen, nur nicht im Schuhgeschäft, da sollte er die Klappe halten und die drei Stunden abwarten.

Der Gustl geht kurz nach Mittag und gibt mir wie immer ein saftiges Trinkgeld. Dafür kriegt er ehrliche Sympathie und ein Lächeln von mir. Fairer Deal, oder? Und warten lass ich ihn auch nie, da warten alle anderen vorher.

Bist du deppert, der Nachmittag wird furchtbar! Erstens spüre ich jetzt schon die Füße wegen der Heels kaum noch und zweitens fährt ein Radfahrer nach dem anderen Richtung Berge. Die kommen dann alle halbtot zwischen zwei und vier und wollen etwas trinken. Gut für's Geschäft, weniger gut für meine Nerven. Außerdem kommt am Nachmittag die Maria aushelfen. Anders ginge das nicht, aber so geht es auch nicht. Die Maria ist ja nicht zwider aber eine furchtbare Sudern. Niiiiix passt, dauernd zieht sie einen griesgrämigen Fotz und meckert über die Diensteinteilung. Ja was? Habe ich die etwa alleine gemacht? Ich kann ja auch nichts dafür, dass wir so unterbesetzt sind. Seit zwei Wochen hatte ich keinen Tag frei! Jammere ich etwa? Außer jetzt gerade halt. Aber das hört ja keiner. Da darf man!

Die Radfahrer sind die dritte Kategorie. Die sind für mich in etwa das, was die deutschen Besatzer für die Franzosen im zweiten Weltkrieg waren. Ich habe ja jetzt nicht prinzipiell etwas gegen Radfahrer, China ist voll davon und es geht auch, aber die Erfahrung macht halt klug. Meistens sind es spindeldürre, siebzigjährige Sportfanatiker, die radeln bis zum Herz-

patschen. Kurz vorher kehren sie noch bei uns ein. Oft in Gruppen. Alleine radeln ist einfach zu gefährlich in dem Alter. Aber Hauptsache sie zahlen 90 EUR für ein Trikot, das dann voll mit Geroldsteiner Werbung ist. Oder Telekom. Oder was auch immer. Ich hab' mal zu einem gesagt, ob er das nicht komisch findet, wenn eine Plakatwand auch noch dafür bezahlt, dass man Werbung drauf pickt statt umgekehrt? Der hat mich daraufhin angesehen wie einen eckigen Ball.

Ich hab' jetzt ein Schild auf den Tischen aufgestellt: „Liebe Radfahrer! Falls Sie Ihren Herzinfarkt unbedingt hier bekommen müssen, machen wir Sie vorsorglich darauf aufmerksam, dass unser Defibrillator leider defekt ist und unser Personal sich weigert, Mund-zu-Mund-Beatmung bei über Vierzigjährigen durchzuführen. Wir ersuchen um Ihr Verständnis!"

Es ist jetzt knapp vor zwei. Meine Füße spielen das Lied vom Tod, aber wenigstens sterbe ich einen hübschen Tod. Wo bleibt der Georg heute nur? Auf den – nicht verraten – stehe ich. So ein fescher Kerl. Und gebildet und immer freundlich. Und er hatte so eine Furie von einer Frau. Die nettesten Männer sind da am anfälligsten. Bevor sie mit zwanzig noch wissen, was für perfekte Kerle sie sind, werden sie von der Kanaillengilde entdeckt und unter sich aufgeteilt. Dann wird geheiratet, ohne dass der Arme überhaupt je zur Besinnung kam. Manche überreißen es dann zwanzig Jahre später und lassen sich vom Gericht die Marktfähigkeit zurückgeben. Der Georg ist so einer, seit zwei Jahren geschieden und somit wieder jagbares Wild. Aber der leckt sich immer noch seine Wunden und baggert mich nicht und nicht an, während er seinen Milchkaffee trinkt. Dem müsste ich für den Kaffee die Milch schon direkt aus der Brust in die Tasse spritzen, damit er was merkt. So lieb naiv ist der! Ah, da kommt er endlich. Kontrollblick in den Spiegel. Haare und Makeup passen. Lächeln muss ich bei dem nicht aufsetzen, das kommt von selbst. Bloß nicht stolpern, mit den Heels über die Stiege. Oder vielleicht fängt er mich ja auf? Nein, das ist zu plump.

„Wie immer?", frage ich säuselnd.

Er erwidert lächelnd, dass er heute vorher gerne einen Toast hätte. Er sei hungrig, es wäre eine lange Nacht gewesen. Worauf ich innerlich halb durchdrehe! Mir fällt alles runter! Nein, der BH hält das, was gehalten werden muss, aber sonst alles! Was meint er mit „lange Nacht"? Habe ich etwa meine Chance übersehen? Da erzählt er mir, dass sein Keller gestern überschwemmt gewesen sei, Wasserrohrbruch. Mir fällt ein Stein vom Herzen. Wenigstens nur sein Wasserrohr!

Was schon eigenartig ist: Die nettesten Gäste sind immer auch die, die am meisten Trinkgeld geben. Beim Georg wäre mir das egal, da würde ich sogar noch draufzahlen. Aber der ist mehr als spendabel. Wir Kellnerinnen sind ja darauf angewiesen. Von dem Hungerlohn alleine kannst unmöglich leben!

Da kommt die erste Radtruppe. Auf ins Gefecht! Ich zähle sechs Pedalritter, keiner unter sechzig. Der Tisch im Schatten hat nur vier Stühle, na da bin ich gespannt, obwohl ich eh schon weiß, was passieren wird. Sie zerren die Stühle von den anderen Tischen herbei. Sie danach zurückzustellen, das kann ich dann wieder selbst machen. Egal. Ist halt so. Dann lehnen sie ihre 8000,- EUR Mountainbikes an den Tisch. Könnte ja wer klauen, und zum Absperren haben sie nichts mit. Unnötiges Gewicht. Sie sitzen noch nicht einmal alle, da schreit der erste schon:

„BEDIENUNG!"

Ich ignoriere das mal. Der Georg will noch einen Kaffee, da bin ich sicher. „Magst noch einen, Georg?" – „Ja gerne, danke!" Hach, der ist soooo süß, der Georg!

„BEDIENUNG!"

Aller guten Dinge sind drei, oder? Ich rauche mal eine. Die zweite heute, ich kam noch nicht viel dazu.

„Kriegt man in dem Saftladen auch was zu trinken?"

Na gut, ihr wollt es nicht anders! Ich stolziere zu ihrem Tisch. Kopf weit oben. Ein wenig Überlegenheit schadet den Affen nicht. „Wenn ihr gleich auf euren Böcken sitzen geblieben wärt, dann hättet ihr euch das mit den Sesseln sparen können!", rutscht es mir raus. Ups! Aber wenigstens wissen sie jetzt, wo der Bartl den Most holt. Ein wenig sprachlos sind sie schon.

„Na, womit kann ich euch dienen?", frage ich süffisant. Ich mag diese Freizeitstressler nicht. Und das dürfen sie ruhig merken.

Sie bestellen drei Radler, zwei Bier und einen Obi g'spritzt. Tischrechnung oder getrennt, will ich vor dem Einbuchen wissen? „Geht alles zusammen!", meint der, der noch am wenigsten tot aussieht. Na, da bin ich gespannt. Ich lasse mir ein wenig Zeit. Sie sehen so durstig irgendwie fast komisch aus, mit ihren knallroten Gesichtern. Zu essen wollen sie nichts. War klar.

Nach drei Minuten fragt schon der erste, er kommt dafür extra rein, wo die Bier blieben? Er sieht eh, dass ich sie gerade zapfe, oder? Ja klar, ich weiß schon, dass ihr Durst habt. Den ganzen Tag fleißig geradelt, während ich mich hier ausrasten darf. Da hat man schon ein Recht auf bevorzugte Expressbedienung! Aber zuerst bekommt trotzdem der Georg seinen Kaffee und ein wenig Zeit für ein Plauscherl mit ihm ist auch. Punkt!

Der Knabe wird daraufhin richtig widerlich. Schließlich sei er der Gast und zahle, das ist noch das Netteste, was er mir an den Kopf wirft. Okeeeeeee, du willst es nicht anders. „Ich bringe die Getränke sofort!", säusle ich mit meiner süßesten Stimme, worauf er wieder hinaus geht, mit erhobenem Kopf und stolz geschwellter Brust, weil er es der Kellnerin so richtig gezeigt hat.

Ein Bier fehlt noch. Ich öffne die Lade und nehme etwas Bittersalz heraus. Im Bier merkt man das kaum, Bier ist ja sowieso bitter. Aber er wird es in zwei Stunden merken, das ist mal sicher. Es gibt kein besseres Abführmittel als Bittersalz. Und ich weiß - es bleibt nicht sein letztes Bier heute. Diese Kategorie trinkt immer zwei bis drei.

Der Rest des Nachmittags verläuft eigentlich ganz ähnlich. Die Radtruppe bringt es nach eineinhalb Stunden auf elf Bier, dreizehn Radler, drei Obi und zwei vergraulte Gäste, die ihre ordinären Witze nicht mehr hören können. Die Radler wollen zahlen. Ich nenne ihnen die Gesamtsumme, da kommen sie drauf, dass sie doch lieber getrennt zahlen wollen. Das war sowas von klar! Gut, dass ich das jetzt alles auseinanderdividieren kann, man hat ja sonst nichts zu tun, und natürlich bleiben zwei Bier übrig, die mir keiner zahlen will. Regelrecht wütend werden sie, weil sie mir vorwerfen, ich hätte zu viel verrechnet, was ich aber gar nicht könnte mit diesem elektronischen Bonierungssystem. Trinkgeld? Fehlanzeige. Dafür zahlt der eine mit einem Zweihunderter, sodass ich noch extra zum Kaufgeschäft wechseln gehen muss.

Um vier gehe ich zum Auto. Maria übernimmt den Rest des Abends alleine. Ich fahre heim, fast ohne Stau. Nur einmal sehe ich ein Rad am Straßenrand liegen und ein paar Meter weiter hinter einem Baum einen Radler hocken. Ich hoffe, er hat sich sicherheitshalber ein paar Servietten von uns mitgenommen.

Das Entscheidungsspiel

Es war eigentlich ganz einfach, noch Karten für das Entscheidungsspiel der Gruppenphase zu bekommen. Obwohl das Stadion ziemlich voll war. Und so sitze ich mit einem Bier da und warte darauf, dass es losgeht. Bier im Plastikbecher. Mit horrendem Bechereinsatz. So stellt man sicher, dass die Flaschen am Spielfeld nicht von Flaschen aus dem Publikum mit Flaschen vom Herrn Heineken beworfen werden. Wenn, dann maximal mit Polycarbonatbechern, und das ist auf die Dauer zu teuer.

Neben mir sitzen nur Frauen. Schon interessant. Das war früher anders, da waren die zuhause und haben die Wäsche aufgehängt. Heute machen das die Männer, und die Weibsbilder sitzen rot und weiß bemalt auf der Tribüne. Obwohl – in unserem Fall sitzen wir auf den vordersten Rängen, praktisch am Spielfeldrand. Tolle Plätze, die besten. Da kriegst du bei zu kurzen Würfen das Bier gratis und ins Genick, aber dafür sieht man auch alles, was am Spielfeldrand und am Feld abgeht. Nach dem Spiel heißt es halt Kleidung wechseln und duschen. Aber das müssen die Spieler ja auch.

Jetzt geht es los. Die Mannschaften laufen ein, stellen sich auf, noch ein schnelles Foto. Die Wimpel tauschen sie heute nicht, komisch. Werden sie vergessen haben. Der Herr Schiedsrichter wirkt ein wenig unsportlich. Die Frau neben mir pfeift und brüllt rein: *„Schiri, du sollst den Ball nicht verschlucken sondern die Jungs damit spielen lassen, hahaha!"*

Das Spiel ist ein „Do or Die" – Spiel. Die Punktearithmetik will es so, dass der Sieger aufsteigt und jedes andere Ergebnis für uns zum Ausscheiden aus dem Turnier führt. Das kapieren sogar die meisten Kicker. Wäre das Leben doch immer so einfach! Der Trainer wird es ihnen eh gesagt haben: *„Jungs, ihr müsst mindestens ein Tor mehr schießen als der Gegner!"* Daraufhin hat sicher einer gefragt, wie viele Tore man schießen muss, wenn der Gegner keines schießt, jede Wette darauf! Schließlich ist Null keine natürliche Zahl!

Unser Team ist vom Anpfiff an aggressiv. Der erste Angriff wird aber von den Blauen sofort abgeblockt. Die nächsten dreiundzwanzig auch. Einwurf der Blauen. Der kleinste Spieler wirft und steht mit einem Fuß im Feld, was natürlich nicht erlaubt ist, was aber der Linienrichter übersieht, vermutlich weil er gerade eine Whatsapp Nachricht an seine Freundin schreibt, dass es heute nicht geht, weil seine Ehefrau überraschend aus dem Urlaub früher zurückgekommen ist.

Der Einwurf fliegt weit in den Strafraum, man sollte diese Felder einfach breiter machen. Dort hauen unsere furchtbar daneben und der Stürmer der Blauen hält nur noch den Schlapfen hin. 1:0 Verdammt nochmal!

Die Alte neben mir dreht total durch. Ich kann das meiste, was sie schreit, hier nicht wiedergeben. *„Du depperte, schwarze Sau, der Einwurf war foul. Hast kan Termin beim Augenarzt mehr kriagt?"* war noch das Allerharmloseste davon. Dann legt sie ihm noch Analverkehr mit einer Fahnenstange nahe, auf die sie ihn nach dem Spiel stecken will und ein paar weitere Nettigkeiten. Ich bin mir aber nicht sicher, ob der sie versteht. Schaut irgendwie slawisch aus, der Schiedsrichter. Na, eh besser!

Dass jetzt einer von uns auch noch einen Elfmeter verschießt, der keiner war, das passt genau dazu. Die Frau neben mir ist nahe am Infarkt. Wenn man von der jetzt ein Passbild machen würde, dann wäre sie auf jedem Flughafen der Welt sofort im Leibesvisitationskammerl für potentielle Terroristen.

Pause! Ich hole mir noch ein Bier, aber die Idee hatten gefühlt zwanzigtausend andere auch. Als ein Aufruf durchs Publikum geht, drehe ich mich um. Anscheinend hat unsere Mannschaft gerade eine große Chance zum Ausgleich vernebelt. Ich komme mit einem halb verschütteten Bier zurück zu meinem Platz. Die sollten so Plastikdeckel draufmachen, wie beim McDonalds! Nein, Strohhalm muss nicht sein.

Ah, der Trainer hat ausgewechselt. Die Frau neben mir ist völlig außer sich. Er hat anscheinend ihren Liebling herausgenommen. Dabei hat der wirklich nichts gespielt, soweit ich das beurteilen kann, aber das sieht sie naturgemäß anders. Sie hat jetzt richtig Stress, weil man nicht zugleich auf Schiri und Trainer schimpfen kann, obwohl ich schon beeindruckt bin, wie selten sie dabei Luft holen muss.

Da! Unsere im Angriff. Der eingewechselte Spieler macht einen Haken, noch einen, und im Fallen schießt er den Ball am Tormann der Blauen vorbei. 1:1!

Das hat er wirklich super gemacht, die Frau neben mir jubelt verhalten. Alle anderen jubeln laut. *„Jetzt geht's lohos! Jetzt geht's lohos!"*

Unsere sind aufgewacht. Rollende Angriffe, wie man so sagt, obwohl eigentlich durchwegs alle schlank sind. Ob der Rasen gerade ist? Schaut aus wie eine schiefe Ebene. Aber irgendwie ist das Tor schon kurz nach der Mittellinie wie vernagelt. Wobei unsere Spieler die eigene Hälfte jetzt komplett meiden, fast als hätten sie Angst, in ein Maulwurfsloch durchzubrechen. Der Platz ist wirklich in einem noch erbärmlicheren Zustand als die Psyche der Frau neben mir. Aber sie ist nicht die Einzige. Anscheinend bin ich da in ein Kretzl völlig durchgeknallter Weiber geraten. Die führen sich auf, als wenn es ums Leben ginge!

Jetzt muss das Spiel gleich aus sein. Sogar unser Tormann greift jetzt mit an. Das haben die Blauen bemerkt und kontern uns kurz vor Schluss aus. 1:2, finito!

Als sie sich alle ein wenig beruhigt haben, eruiere ich, dass die aufgeregten Damen neben mir die Mütter der Spieler sind. Aber das ist jetzt alles egal. Die U14 von Rot-Weiß Dumpfling ist beim Jubiläumsturnier in Ganshofen leider ausgeschieden.

Scoville

Wisst ihr, was Scoville sind? Nein, das ist kein schottisches Dorf, das ist die Maßeinheit des Schärfegrades von Chili. Ich esse ja total gerne scharf. Und ich *meine* scharf, wenn ich scharf sage! Richtig scharf. Da kannst du keine Pappteller nehmen beim Grillen, wenn ich würze, die brennt das Zeug glatt durch!

Es gibt ja sehr unterschiedlich scharfe Chili. Die schärfsten, die man üblicherweise bekommt, das sind Jalapenos und Habaneros, die haben zwischen 6000 und 8000 Scoville. Wenn man ein Jalapenochili roh isst, dann kann man davon ausgehen, dass 95% aller Mitteleuropäer danach ein Fall für die Notaufnahme sind. Weil sie nicht wissen, dass die meiste Schärfe in den Kernen und den weißen Fäden vom Chili stecken. Auch der Rest ist noch gewaltig scharf, aber wenn man die Kerne und das Weiße vermeidet und die Chili kurz vor dem Verzehr in Öl einlegt, hat man zumindest reelle Überlebenschancen.

Weil man aber nicht immer frische Chili zuhause hat, gibt es Saucen. Eigentlich sind das eher Konzentrate. Da werden die scharfmachenden Stoffe der Chili eingedickt (konzentrieren heißt ja eindicken, das fällt mir vor allem dann immer auf, wenn sich mein Hirn eindickt, bis es ganz zäh wird, wenn ich „konzentriert arbeite"). Diese Saucen gibt es in einschlägigen Webshops auf Bestellung. Mit klingenden Namen wie *„White Shark", „Death out of the Can",* etc. in Stärken von einigen Tausend bis zum Skalenhöchstwert von zehn Millionen Scoville. Diese Sauce heißt sinnigerweise *„Black Mamba"*, und der Name ist Programm! Die Mamba hat am Verschluss einen Tropfendosierer, der sieht ein wenig aus wie ein Giftzahn. Um ein Gulasch für vier Personen für Normalbürger ungenießbar zu machen, reichen genau zwei Tropfen. Das ist kein Witz und auch keine Übertreibung!

Ich habe so ein Homöopathiefläschen gefüllt mit der schwarzen Mamba immer in meiner Jacke. Eigentlich gehört sowas in jede Damenhandtasche, statt Pfefferspray. Wäre viel wirksamer! Aber das ist eine andere Geschichte, das mit diesen Damenhandtaschen.

Kurz bevor ich also an der Erwachsenenbildungseinrichtung meinen Abschied nahm, veranstalteten die ein Sommerfest. Und was gab es? Chili con Carne. In drei Ausprägungen. Der Koch war ein Englischprofessor, also waren die drei Töpfe beschriftet mit: *„Kids"*, *„Girls"* und *„Men!"*. Wie ihr erratet, waren es Chilis in drei Schärfegraden. Herrlich! Ich mag zwar keine Bohnen, aber da bin ich trotzdem dabei. Also gleich mal die Herrenvariante gekostet. Pikant ja, aber scharf? Der hat sich wohl in der Beschriftung geirrt. Da alle gerade beim Bier stehen, es wurde gerade frisch angeschlagen, sieht also keiner her. Ich nehme das Fläschchen heraus, fünf Tropfen sollten für die Menge ausreichen, ohne dass es dadurch ungenießbar wird. Eins ... zwei ... geht so langsam, ich schüttle ein wenig, da fällt der Verschluss ab und das ehemals halbvolle Fläschchen ist auch schon leer. Oh, oh! Unauffällig stehle ich mich davon.

Der Englischprofessor ist ein netter Kerl, der tut mir jetzt schon leid. Er kommt eh gerade mit dem Bier zurück und rührt die drei Chilis noch einmal um. Da kommt das Oberarschloch der ganzen Truppe daher. Arbeitet auch hier, ein richtiger Angeber. Und haut allen gern das Hackl rein, wenn er nicht gerade mit Wadenbeißen beschäftigt ist. Das ist meine Gelegenheit!

„Hallo Herr van den Haas!", grüße ich freundlich, *„Sie sollten besser die Damenvariante des Chilis kosten, die Männervariante ist wirklich ziemlich heftig!"* Das hat zur Folge, dass mir der eingebildete Holländer fünf Minuten lang einen Vortrag über indonesische Küche hält, und dass Holländer mit scharfem Essen quasi mit dem Nuckelfläschchen aufgezogen werden, also sei das alles kein Problem! Ich komme ja mit den anderen Holländern hier sagenhaft gut aus. Wenn wir saufen gehen, dann spreche ich nach einigen Bier sogar holländisch, sagen sie, aber den Van den Haas mag keiner. Vermutlich mag den nicht einmal seine eigene Mutter. Einer von der Sorte, der einfach alles besser weiß.

„Na dann", sage ich, *„nehmen wir uns eine Portion. Wenn ich es nicht aushalte, dann habe ich ja einen befugten Ersthelfer hier, oder?"* Was einen Vortrag über seine Fähigkeiten in Erster Hilfe zur Folge hat, den ich abkürze, indem ich ihm eine Portion Chili con Carne auf den Pappteller klatsche und mir selbst auch eine. Hoffentlich hält er das aus. Also der Teller. Sicherheitshalber nehme ich mir gleich ein Stück Brot dazu und tunke es in das Olivenöl, das beim Salat steht. Wenn man

zu scharf isst, dann sollte man nie trinken sondern Butter, Öl, Joghurt oder etwas anderes Fettes im Mund rollen. Das löst nämlich das Capsaicin. Das ist das scharfe Zeug in den Chilis, und es ist fettlöslich, nicht wasserlöslich. Wasser verteilt es nur, dann brennt es erst überall. Gutes Chili brennt ja sowieso vier Mal. Einmal beim Essen, einmal im Magen, einmal bei ... na ihr wisst schon, und einmal wenn man reinsteigt.

Ich nehme also einen Löffel, kaue, schlucke. Jesus Christus! Das Zeug hat es wirklich in sich. Ich verziehe aber keine Miene, schließlich bin ich das gewohnt, und stecke schnell das ölgetränkte Brot in den Mund. „Wunderbar!", sage ich, während ich meine ganze Selbstbeherrschung benötige um nicht laut zu schreien, *„Es ist wirklich ein wenig pikant, aber sehr gut!"* Schnell noch einen Bissen Brot, sonst kratze ich ab!

Und dann endlich hat Herr Van den Haas auch seinen Vortrag beendet und nimmt einen großen Löffel voll. Ich beobachte ihn. Vielleicht ist er ja wirklich scharfes Essen gewöhnt. Nein! Da! Sein Gesicht wird schlagartig rot, aus seinen Augen regnen waagerecht die Tränen, er versucht noch krampfhaft zu schlucken, doch dann sprüht er alles in einer oralen Eruption von sich, mitten hinein in den Topf mit der Aufschrift „Men!". Nur ich weiß, dass er damit einigen hier das Leben gerettet hat, aber ich schweige. Ich halte ihm hilfsbereit mein Bier hin, er trinkt gierig. Gut so, ruhig ein wenig im Mund verteilen!

Er tut mir direkt leid. Also nicht der Holländer, nein der Englischprofessor. So viel Arbeit das Chili, dann versaut es ihm der Kollege, indem er hineinspuckt. Das sage ich ihm auch gleich. Und nicht gerade leise.

Der Van den Haas hört es wohl trotzdem nicht. Er liegt keuchend am Boden. Glücklicherweise ist jemand da, der sich mit erster Hilfe auskennt und weiß, wie man Mambabisse behandelt.

Der schöne Heinrich

Letztens trafen wir uns wieder zu unserem alljährlichen Maturatreffen. Dem einunddreißigsten. Scheiß Zeitbeschleunigung! Wir sehen uns in der Tat jedes Jahr mindestens einmal, seitdem wir am 14. Juni 1985 die Matura in der HTL abgelegt haben. Mit weißer Fahne und kurz darauf mit Alkoholfahne. Danach zogen wir dann durch Wels und fuhren alle ohne Ausnahme gemeinsam am nächsten Tag für vierzehn Tage nach Griechenland auf Maturareise. Mit dem Zug und mit der Fähre und mit einer Riesenfreude. Manche gingen vorher sogar noch schlafen. Ausnahmen gibt es eben überall. Der Rest führte ein paar Maturastreiche aus, an die sich blöderweise keiner mehr erinnert. Naja, vielleicht eh besser.

Woran wir uns aber erinnern, das ist der Skikurs in Kitzbühel ein Jahr zuvor. Ich machte den Fehler und zeigte beim Vorfahren, was ich auf zwei Brettern kann, worauf ich in die erste Gruppe rutschte. Zum schönen Heinrich, wie wir unseren wenig beliebten Turnlehrer nannten. Der war Trainer im Leistungszentrum und später sogar in der Bundesliga und wollte aus uns immer Sportskanonen machen. Sinnlos! Er hätte auch versuchen können, aus uns Abstinenzler zu machen, aber ich denke, das wäre ihm dann selbst suspekt vorgekommen.

Dabei war ich ziemlich sportlich. Schon ab der ersten Klasse bin ich viel gelaufen, meistens weg. Ich war damals ziemlich klein, keine einssiebzig, und das passt nunmal nicht gut zu *„ziemlich frech"*, wie meine Klassenkollegen fanden. Was zur

Folge hatte, dass ich schon mal mit dem Gürtel meines Arbeitsoveralls, der mir viel zu weit war, an einem Wandhaken hing, bis mich der Lehrer befreite, nur weil ich wieder einmal einem größeren Mitschüler das Werkstück eingeölt hatte – was beim Feilen sehr, sehr fies ist, weil man dann immer abrutscht.

Daran gewöhnt man sich aber. Neben mir saß der Moser Fritz, den wir alle nur „*Misi*" nannten. Der war etwa fünf Köpfe größer als ich, jedenfalls aus meiner Perspektive. Allein seine Hände waren länger als ich als Ganzes. Wenn der Lehrer in die Klasse kam, ein Reserveoffizier, schrie dieser immer *„Alles auf!"*, was ich mit einem noch lauteren: *„Misi, Hände an die Sockennaht!"* ergänzte. Das mochte der Misi nie besonders, aber er hat sich daran gewöhnt, bis er nach dem Zeugnis dann leider aus dem Klassenverband ausschied.

Einmal hatte er sich doch noch ziemlich darüber erregt, worauf ich meine Füllfeder nahm, und tat, als wollte ich sie in seine Richtung werfen. Hätte ich nie, aber die Tinte wusste das nicht und beschloss, eine Spur von Tropfen von seinem rechten Auge bis zu seinem linken Mundwinkel zu ziehen. Das war an sich schon ein Grund, in der Pause wieder (weg-)laufen zu gehen, aber als dann noch Gerhard mit seinem sarkastischen Grinser meinte: *„Misi? Host des gsegn?"*, war das eindeutig zu viel für sein Nervenkostüm.

Wie gesagt – ich hatte damals eine gute Kondition. Die hielt sich bis in die vierte Klasse, sodass ich zum 4x1000 Meter Staffellauf der Schulklassen nominiert wurde. Blöd war in dem Zusammenhang, dass das Schulsportfest am Tag nach unserer Klassenfeier beim Paul stattfand.

Der Paul hatte eine Garage, bzw. sein Vater hatte eine, und sein Vater war ein ziemlich cooler Typ. Junge Burschen müssen schon auch mal feiern, dachte er. Und so erfüllten wir seine Erwartungen, man ist ja gut erzogen. Die Feier begann um sechs Uhr abends. Patrick, unser Startläufer, lag um elf mit Mopedhelm und Skibrille am Tisch und rezitierte eine Stunde lang den Funkverkehr des Spaceshuttles. Patrick war in den USA geboren, der konnte das. Guruz, unser dritter Staffelmann hatte zu diesem Zeitpunkt bereits das zweite Mal gekotzt und soff fröhlich weiter. Jacky, unser Schlussläufer, war Fußballprofi in der ersten Mannschaft eines Vereins im Süden Oberösterreichs, die spielten damals in der untersten Liga irgendwo im Traunviertel. Für Traunviertler ist Bier kein alkoholisches Getränk, schließlich *"saufst des jo a, waunnst an Koda vatreibm wüst! Des warat jo unlogisch!"*

Tja, und ich hielt bis drei Uhr morgens durch, dann fand mich Pauls Vater in der Wiese schlafend doch noch, was mir eine Verkühlung ersparte. Ich habe bis heute keine Idee, wann und wie ich dahin kam.

Aber wir traten an. In Summe waren da an die zehn Promille Restalkohol auf der Laufbahn, so waren sich die Schätzungen aller anderen ziemlich einig. Lauft mal mit einem Vollrausch. Ihr seid um jede Kurve froh, wetten?

Ich mache es kurz. Die Laufstrecke lag am Welser Mühlbach. Drei von uns gingen danach gleich Fische füttern, ich hätte keinen zusätzlichen Schritt mehr geschafft und lag käseweiß im Gras, sodass unser Klassenvorstand unbedingt die Rettung alarmieren wollte, was ich mit einem *„Naaa, bitte net. Mei Vota draht durch!"* gerade noch abwenden konnte. Hab's auch so überlebt. Und Jacky, der eigentlich Fritz hieß, rettete uns sogar mit einer sagenhaften Profifußballerschlussrunde noch den ... vorletzten Platz.

Jetzt bin ich aber wirklich abgeschweift. Passiert mir immer, wenn ich so verklärt an unsere Heldentaten zurückdenke, verzeiht!

Etwa ein halbes Jahr vor dem Schulsportfest war also dieser Skikurs. Kitzbühel! Geile Sache! Eine Woche nach dem Rennen, also mitten im touristischen Jännerloch, daher ging sich das finanziell gut aus. Wir wohnten in der Tat in einem richtigen Hotel mitten in der Stadt. Und unser schöner Heinrich, er fand das jedenfalls, führte ein strenges Regiment. Um neun zuhause, um zehn im Bett und Licht aus. Und das uns mit unseren achtzehn Jahren!

Er selbst hatte ein Einzelzimmer, ein paar Touristen aus England wohnten auch noch im Hotel, aber sonst war es ziemlich ruhig. Sollte man glauben!

Der Heinrich war nämlich ein Weiberheld. Und aus irgendeinem schicksalhaften Grund war die einzige hübsche Engländerin im ganzen Königreich mit ihrem Gemahl in genau diesem Hotel auf Urlaub. Heinrich dürfte das als Wink der Vorsehung verstanden haben und sah sich nicht vor, sondern ihr so lange nach, bis sie drauf kam und kurz drauf auch in seinem Bett kam. Oder zumindest in sein Bett. Was weiß man schon? Laut war sie jedenfalls, wir wohnten ja nebenan. Das war sicher kein BREXIT, das war ein HEINIENTRY.

Darauf wiederum kam ihr Gemahl beim Frühstück zu unserem Tisch, an dem ja auch der schöne Heinrich saß, und dieser britische Ehemann kam auch schnell darauf, dass er deutlich größer war als der schöne Heinrich, was zu einer für unseren Heinrich unschönen, für uns aber unterhaltsamen Szene führte. *„Keep Your hands off of my wife!"*, meinte der Gehörnte mehrmals, und dass er ihm andernfalls die Knochen brechen würde, etc. Wir wollten uns da dann nicht direkt einmischen und haben nur ein wenig gegrinst, während wir die aufgebackenen Semmeln aßen, was bei der Vorstellung, wie es dem schönen Heinrich an den Kragen geht, nicht so schwierig war.

Dieser Heini aber hat uns aus Wut den ganzen Skitag lang ziemlich fertig gemacht – im Tiefschnee und auf der Streif, die war vom Rennen her noch gut in Schuss. Wir waren nur in Schuss, aber weniger gut, es gab einige Mörderstürze im Zielhang. Heinrich hatte uns nämlich erlaubt, ab der Traverse „Stoff zu geben", das ist dort, wo die im Rennen schon mit 90 km/h hineinspringen. Wir fuhren dort mit Tempo 0 weg, und trotzdem kam kaum die Hälfte ohne Sturz durch die Kompression. Im Unterschied zu uns fuhr der schöne Heinrich ziemlich gut. Aber das Fortgehen am Abend ließen wir uns trotz unserer Müdigkeit und diverser Blessuren nicht nehmen. Um neun zuhause, war seine strenge Anordnung.

Wir haben ihm dann versichert, dass wir eh die Finger von den Engländerinnen in der Stadt lassen würden, weil wir uns nach dem heutigen Skitag in Zukunft auf unsere Knochen aufpassen täten. Also außer auf der Streif halt. Wirklich! Und wir würden vom gesamten Skikurs in der Schule auch nichts herumerzählen, damit keiner Probleme bekäme, oder? Darauf kann man sich verlassen, nicht wahr. Wie das halt so unter Männern sein sollte.

Ab da mussten wir immer erst um Mitternacht zurück sein. Und wir haben wirklich geschwiegen wie ein Grab.

Bis jetzt.

Heimwerkerprofi

Seit mir mein Karli so unglücklich abhanden gekommen war, hatte ich keinen Spezl mehr, mit dem ich am Wochenende etwas Sport machen konnte. Mit dem Karli gab es ja das ganze Jahr Wintersport: Im Abfahrtslauf zum Stammtisch und im Slalom wieder heim. Das fehlte mir, also was tut der einsame Mensch in so einer Situation? Er sucht sich Ersatz. Da kam mir der Rudi gerade recht, der zog kürzlich mit seiner Frau zu und kaufte das Haus von den alten Schipplingers, das stand ja schon lange leer. Also das Haus.

Der Rudi ist ein Gartenprofi, Erfinder und Heimwerker, ein richtiger Do-It-Yourself Typ, so ein wenig wie der aus der amerikanischen Sitcom *„Hör mal, wer da hämmert!"* Und er ist ein Hightechfreak, dem brauch ich nicht alle zwei Wochen den Browser neu zu installieren wie dem Karli. Der Rudi hat sich letztens einen Rasenmäher gebaut, den gibt es auf der ganzen Welt nur ein einziges Mal. Null Geräusch, der funktioniert mit Laser. Er hat mir erklärt, ich bin ja wie jeder Mann auch technisch interessiert, wie das Ding funktioniert.

In der Mitte hat er eine rotierende Linse, die hängt über eine Glasfaserleitung an einem 50 Watt Laseraggregat in der Gartenhütte. Rundherum hat er das Rasenmähergehäuse innen verspiegelt und nach außen abgedichtet, weil wenn der Fünfzigwattlaser ausbüchsen täte, dann gute Nacht! Da wäre der Strauchschnitt auch gleich erledigt, aber ein Zentimeter über dem Boden und jeder Maulwurf, der aus seinem Loch guckt, hätte eine Tonsur. Mit dem Mäher fährt der Rudi in seinem Garten herum, und statt eines Stromkabels schleppt er das Glasfaserkabel mit sich. Vollkommen lautlos ist der Mäher, und das Gras ist auf einen halben Millimeter gleich hoch abgelasert im ganzen Garten, wenn er fertig gemäht hat. Angeblich hat sich Wimbledon schon erkundigt, ob sie solche Geräte haben könnten.

Der Rudi sagt, das einzige Problem sei noch das schrankgroße Laseraggregat in der Gartenhütte. Das Kühlaggregat sei leider noch ein wenig laut, aber immerhin habe er nun keine Mäuse mehr in der Hütte, weil die Katze die tauben Nager jetzt problemlos erwische.

Der Rudi hört übrigens auch schlecht. Vor allem, wenn seine Frau ihn ruft. Aber im Moment ist das kein Problem, weil sie im Krankenhaus liegt. Der Rudi hatte ihr eine Turbotrockenhaube gebastelt, zehn Kilowatt Gebläse. Leider hat die Temperaturregelung in der ersten Version noch nicht so gut funktioniert.

Ich habe ja keinen Swimmingpool im Garten, aber der Rudi war gestern beim Hofer und hat sich so ein von selbst stehendes Becken gekauft. Acht mal vier Meter, 399,- EUR inkl. Filterpumpe. Das hat er gestern aufgestellt. Und gleich befüllt. Der Rudi hat sich vor einiger Zeit einen eigenen Brunnen gegraben, ausgestattet mit einer Hochleistungstauchpumpe, die füllte das Becken innerhalb von zehn Minuten an wie nichts.

Gut, ein wenig Schlamm war drinnen, aber Rudi hat sich auch einen Schwimmbadsaugroboter gebaut, alles kein Problem!

Wenn der Rudi was zusammenbaut, was er nicht selbst erfunden hat, wie zum Beispiel das Schwimmbecken, dann grillen wir immer nebenbei. Der Rudi hat da seinen ganz eigenen Heimwerkerstolz. Das erste, was er macht ist, mit der Bauanleitung den Griller anzufeuern. *„Bauanleitungen sind was für Weicheier!"*, sagt er. Rudi findet das alles immer selbst heraus, mittels Versuch und Irrtum oder eben mittels Versuch und nochmal Kaufen, weil kaputt. Sein Griller ist übrigens auch ein ganz spezielles Gerät. Funktioniert mit Steinkohle und Napalmzündeinrichtung, das gibt neunhundert Grad, der Rost ist natürlich elektrisch verstellbar, etwa sechzig Zentimeter von den Kohlen entfernt und rotiert motorisch angetrieben, weil sonst alles verbrennen tät. Und okay, es dauert genauso lang wie bei jedem anderen Griller. Aber, Mensch! Mann! NEUNHUNDERTGRADSTEAKS! Das sind richtige Männersteaks!

Wir grillen also und Rudi schließt die von ihm modifizierte Filteranlage an. *„Sowas mache ich immer RUDIMENTAL!"*, lacht er über sein Wortspiel, während ich langsam schwindlig werde, während ich die sich mit vierzig Umdrehungen pro Minute drehenden Koteletts beobachte. Heute keine Steaks, heute haben wir Schwein. Manchmal muss man Schwein haben, oder? Manchmal sogar viel.

„Hast du noch ein Bier, Rudi?", will ich wissen. Ja, wären in der Kiste in der Garage, meint er. Da wäre es aber doch warm, werfe ich ein, ob er kein kaltes hätte?

„Nimm die Dose und stelle sie für fünf Sekunden in den Flüssigstickstoffkühler! Aber nicht länger, sonst kannst das Bier lutschen! Und die Stickstoffflasche musst erst noch anstecken, habe sie gestern zum Holzhacken gebraucht. Gefrorenes Holz kannst du nämlich mit einem Fingerschnippen zerkleinern, weißt?", weist er mich an. Boah, der Rudi ist echt ein Hammer. Der hat für alles eine Lösung.

Vor der Stickstoffflasche, nein eigentlich stehen da Flaschen in allen Farben: weiße, schwarze, blaue, grüne, graue, steht der Lasermäher. Den muss ich wegstellen, sonst komme ich nicht an die Flaschen ran. Ich stelle ihn also in die Wiese und den Griller auch gleich noch unter das Hüttendach in den Schatten, damit mir beim Grillkotelettbeobachten dann nicht mehr so heiß wird. Schwindlig reicht eh.

So, welches ist jetzt die richtige Gasflasche? Hmmm. Wäre schon eher peinlich, deswegen den Rudi fragen zu müssen. Würde ja aussehen, als kenne ich mich gar nicht aus. Ganz vorne steht eine weiße Flasche, die schaut irgendwie nach Stickstoff aus, die nehme ich.

Leider klemmt die Schlauchkupplung. Aber daneben steht eine Dose mit Schmierfett, ich stecke also die Kupplung ins Fett und dann in den Kühlapparat. Flutscht! Man muss sich eben nur zu helfen wissen, so ein unbegabter Heimwerker bin ich auch nicht! Bier hinein, Schalter ein, es zischt im Kühler, als das Gas dekomprimiert wird und abkühlt. Aus dem Augenwinkel sehe ich, dass der Rasenmäher auf das Schwimmbad zufährt. Da habe ich wohl irrtümlich den Einschalter erwischt, darum also röhrt das Aggregat in der Hütte. Der schwerhörige Rudi ist so konzentriert beim Arbeiten, dass er gar nichts bemerkt hat. Gott sei Dank! Ich laufe schnell zum Mäher, als dieser gerade sein Glasfaserkabel durchlasert. Das liegt jetzt in der Wiese vor dem Schwimmbad und brennt ein Loch ins Bad, ach Du Schande! Eigentlich ist es kein Loch sondern eher ein langer Schlitz, der weiter zu reißen scheint.

Im Endeffekt war das aber gar nicht so blöd. Das hat nämlich den Brand der Gartenhütte gelöscht, als das Schwimmbad platzte und sich die Sintflut von zwanzigtausend Litern Wasser durch den Garten ergoss. Welchen Brand? Naja, den vom Bierkühler. Irgendwie war blöderweise in der weißen Flasche Sauerstoff und eben kein Stickstoff, hat mir der Rudi später erklärt. Und dass Fett und Sauerstoff und daneben stehende Griller keine Idealkombination sind, weshalb es wohl eine kleine Stichflamme gab, die dann die Azetylenflasche ... im Endeffekt sind zwei Flaschen wie Saturn V Raketen durchs Hüttendach und beim Wiedereintritt aus der Erdumlaufbahn in die Wohnsiedlung dann glücklicherweise direkt in den Pool, eine davon sogar in unseren, der wäre also sowieso, auch ohne den Laserschlitz, geplatzt. Da war ich total unschuldig.

Wie durch ein Wunder war das Bier aber heil geblieben und perfekt gekühlt.

Parcouring

Wisst ihr, was Parcouring ist? Nein? Ich wusste es auch nicht, bis mich mein Sohn Nummer zwei aufgeklärt hat. Er würde das gerne machen. Okay, denke ich mir, wozu kennst den Dr. Google, der alles weiß, schau dir das mal an.

Coole Videos im Netz! Hab' mich ein bisschen eingelesen, hohe Verletzungsrate, meist Knochenbrüche und Bänderverletzungen, also nichts, was ein Junge nicht sowieso immer mal wieder hat, keine Einwände! Meine damalige, zukünftige Exfrau allerdings hatte Einwände, weshalb das mit absoluter Mehrheit durch Mutterstimme im Familienrat vorerst vom Tisch war.

Bis zum nächsten Tag jedenfalls.

„Papa, hast du als Kind auch parcourt?"

Jetzt hatte er mich auf dem falschen Bein erwischt. Ich musste kurz nachdenken. *„Hmmm, nein, aber so etwas Ähnliches. Wir nannten es ‚Superhelden spielen'."*, erklärte ich ihm dann.

„Und wo und wie habt ihr das gemacht?"

Naja, wir waren meistens im Heustadl von Erichs Vater. Der Stadl war doch ziemlich hoch, vielleicht sechs Meter, ganz aus Holz, mit vielen Leitern und Balken, und unten lag das Heu. Je nach Mut kletterte man ganz rauf und sprang hinunter ins Heu. War eigentlich ungefährlich, nur einmal hat der Max übersehen, dass da unten kein loses Heu sondern gepresste Strohballen lagen. Der fiel dann hart und auch ein paar Wochen aus, weshalb der Erich und ich die nächste Zeit lieber angeln gegangen sind. Stilecht, mit einer selbst gebastelten Angelrute aus einem Haselnussstock, einem Spagat und einem gebogenen, rostigen Nagel, über den wir einen Wurm zogen.

Nachdem ewig nichts angebissen hatte, verfielen wir auf die Idee, das Wasser des Teichs ein wenig abzulassen, was dann aber ... hier beschloss ich, das meinem Kind lieber nicht alles im Detail zu erzählen. Auch nicht die Geschichte, wo wir die Sicherheitsmarkierung im Bauernhof einmal einen Meter verlegten. Diese Markierung war im wesentlichen ein mit einem Stock gezogener Halbkreis im Schotter, von dem wir wussten, dass man dahinter vor dem Kettenhund sicher war und ihn dementsprechend reizen konnte. Wir hatten dann nur vergessen, dem Joe auch davon zu erzählen. Eigentlich wollten wir ja nur dem Andi einen Schreck einjagen, der war immer so eklig zu uns, aber schlussendlich hat der Tassilo, also der Hund, dem Joe ein Stück aus seinem Hintern gebissen, samt Hose, was Joes Mutter ziemlich sauer machte. Ich vermute, vor allem wegen der Hose.

Stattdessen erzählte ich meinem Sohn, dass er schon als Kleinkind solche Kletteranwandlungen gehabt hatte. Unser Wohnzimmer sah schon aus wie eine Gummizellenarena, als die Jungs erst knapp zwei waren. Kein Wort sprechend, aber alles musste erklettert werden. Die Polstermöbel hatten wir umgestürzt, damit sie eine Bande hatten, über die sie nicht klettern konnten, aber irgendetwas fand sich doch immer. Und wenn sie aus den Schubladen unter dem TV Gerät eine Treppe machten, indem sie diese herauszogen, um damit an das TV Gerät zu kommen, beziehungsweise an die Fernbedienung, die in sicherer Höhe darauf lag. Dass so eine Schubladentreppe nicht stabil sondern kugelgelagert ist, hatten sie dann aber schnell bemerken müssen.

Die Kletterei wurde mit drei Jahren richtig lästig. Mal musste man sie von der Leiter am Kirschbaum retten, mal von der Zypresse im Garten runterholen und im Urlaub in Kroatien liefen dauernd aufgeregte Mütter zu uns, weil unsere Dreieinhalbjährigen ihre Sechsjährigen mal wieder vom Klettergerüst herunter ... ähm ... verunglimpft hatten. *„Komm rauf und hol mich, wenn du kannst. Wäh, wäh, wähhhhh!"*

Das wussten sie alles nicht mehr. Kinder merken sich nur das, was sie sich merken wollen und nicht merken sollen. Dass der Papa mit der neuen Heckenschere ins Kabel geschnitten hatte, worauf die Mama am Klo im Finstern saß und kurz darauf wütend in den Garten gerannt kam, keine schöne Szene, wobei sie die Haustüre hinter sich ins Schloss fallen ließ, das wusste er noch. Und dass er dann als letzte Rettung mit sechs Jahren über die Zypresse und den Balkon durch die glücklicherweise offene Balkontüre ins Haus geklettert und uns die Türe wieder geöffnet hatte, das auch.

Als Folge davon hatte jetzt auch unsere Frau Premierminister keine Einwände mehr, dass wir ihn zum Parcouring anmelden.

Rowdy-Gaudi

Ich bin ja sonst ganz friedlich,
ein umgänglicher Mann.
Oft hör' ich: „Der ist niedlich!
Ein richtiger Galan!"

Mich hört man selten lärmen.
Bin leise, niemals frech.
An meiner Sanftmut wärmen
sich alle im Gespräch.

Werd' ich mal angerempelt,
entschuldig' ich mich noch!
Wurd' oft schon abgestempelt:
„Der Wappler is hoit schwoch!"

Doch bin ich stark und stärker,
setz' ich ins Auto mich.
Da werd' ich zum Berserker!
Da werde ich zum Viech!

Aus dem Weg, die Straß' g'hört mir!
Mit meinem LS Turbo Sportster vier mal vier!
In meiner Kiste bin ich heiß!
Da ist der Hamilton ein Scheiß!
Geg'n mir!

Wenn ich wo war, sieht man das gleich.
Da pickt der Reifengummi auf der Katzenleich'.
Jeder Porsche und Ferrari,
schaut mir nach, weil schließlich fahr' i
göttergleich!

Am Tag, da bin ich hackeln.
Ich mach' schon meinen Job!
Ich schupfe tausend Packeln.
Bescheiden, gar kein Snob.

„Jawohl Herr Chef! Sofort, sogleich!
Ich wasche Ihren Benzen!
Danach mit einem Leder, weich,
bring' ich ihn noch zum Glänzen!"

Der Chefin helf' ich auch sehr gern.
Ich schneide ihre Hecke.
Ein treuer Diener seiner Herrn.
Ein stiller, braver Recke.

Mit mir gibt's niemals Sorgen!
Ich rege mich nie auf.
Doch schlummert tief verborgen
in mir ein Amoklauf:

Aus dem Weg, die Straß' g'hört mir!
Mit meinem LS Turbo Sportster vier mal vier!
In meiner Kiste bin ich heiß!
Da ist der Hamilton ein Scheiß!
Geg'n mir!

Bei den Ampeln in der Stadt
gibt's keine die von mir nicht schwarze Streifen hat.
Denn meine Reifen wer'n nicht alt,
Die picken dorten am Asphalt.
schwarz und braat!

Meine Frau tut sich schon weigern.
Die fährt nicht mehr mit mir mit.
Warum sich da nur so reinsteigern?
Mit mir zu fahren ist ein Hit!

Gut, das letzte Mal war kritisch.
Da hab' ich mich duelliert.
Bin im Auto halt nicht britisch.
Anstell'n find' ich antiquert.

Da fass' ich die Rettungsgasse
einfach mal wortwörtlich auf.
Und vorbei geht's an der Masse.
Da holst zeitlich du was auf!

Aus dem Weg, die Straß' g'hört mir!
Mit meinem LS Turbo Sportster vier mal vier!
In meiner Kiste bin ich heiß!
Da ist der Hamilton ein Scheiß!
Geg'n mir!

Auto weg, nach dreizehn Bier!
Am Kastanienbaum des Nächtens um halb vier!
Und auch meinen Führerschein
ham's ma g'nommen, und i wein'
wie irr.

Öffi fahren

Wenn man in Wien wohnt, braucht man eigentlich gar kein Auto, nicht wahr? Der öffentliche Verkehr, und ich meine jetzt nicht den nachts am Gürtel, reicht da völlig aus.

Blöd ist es halt, wenn man gerne auf der Donauinsel dem Surfvergnügen frönt. Ist doch immer wieder eine gewisse Schinderei, das ganze Graffel in der U-Bahn oder gar in der Bim mitzuschleppen. Geht aber, wenn die Frau hilfsbereit ist, weil sie will, dass man am nächsten Tag mit ihr shoppen geht. Wobei, da muss schon guter Wind sein, dass es das wert ist. Also das Shoppen, nicht das Schleppen.

Daher ist nach dem letzten Herbst, wo mich die Schwarzkappler samt Surfzeug aus der Bim geworfen haben und ich drei Stunden mit dem Klumpat bei fünfunddreißig Grad durch die Stadt gewandert bin, der Entschluss gereift, es diesen Sommer beim Sportgeschäft auf der Donauinsel einzulagern. Die bieten das für schlappe hundertzwanzig Euro im Jahr an, das ist billiger als die Schwarzfahrerstrafe.

Aber einmal musste sie noch sein, die Schlepperei. Daher also letzten Samstagnachmittag, während des Länderspiels, da saßen ja die ganzen Schwarzkapplerwappler sicher eh alle vorm Narrenkastl, das Zeug geschultert, also ich das Segel und meine Frau das Brett, den Mast und den Gabelbaum, und ab in die Straßenbahn. Ich hab' dann auch brav meine Karte entwertet, meine Frau nicht, die hatte keine Hand frei. Naja, wenn sie das Risiko eingehen will? Ich zahle ihr die Strafe nicht!

Diesmal hatten wir auch mit dem Wetter Glück. Nur dreiunddreißig Grad aber dafür ein bisserl schwül. Gut, alles nicht so tragisch! Ich hatte eh was zu trinken im Rucksack.

Nicht so arg? Dachte ich!

Sind wir also eingestiegen in die Bim. Meine Frau, das patscherte Trampel hat gleich einer älteren Dame mit dem Surfbrett das Tscha-Tscha-Wagerl weggerempelt. Die Oma fiel hin und wollte sich im Fallen am Gabelbaum festhalten. An *meinem* Gabelbaum! Mit der aufvulkanisierten High-Grip-Softshell-Spezial-Beschichtung! Dabei hat die Alte mir mit einem Ring einen Kratzer in die Beschichtung gemacht, na der hab' ich was erzählt! Danach hätte sie mit ihrem Nasenbluten vom Hinfallen auch noch fast die Segeltasche ruiniert. Leut' gibt's! Aber ich hab' mich dann zusammengerissen, und sie nur eine schasaugade Zombiehexe genannt, ich wollte ja nicht auffallen. Nicht, dass sie uns wieder rauswerfen. Meine Frau ist damals fast kollabiert am Heimweg, weshalb ich die Sportschau versäumt hab'. Das passiert mir nicht noch einmal!

So, aussteigen aus der Bim. Mensch, Oide, net so zach! Die stellt sich heute wieder an, sagenhaft. Eh nur ein kleines Surfbrett, keine drei Meter lang und keine zehn Kilo schwer. Ja, ich seh's eh, dass du zu blöd bist, den Gabelbaum in der anderen Hand zu halten, vom Mast ganz zu schweigen – wo der doch eh teilbar ist. Wenn du so weiter trödelst, dann kannst du dir das Schuhgeschäft abschminken, herst! Was? Ich trag' nur das leichte Segel? Na, irgendwer muss ja die Türöffner bedienen und den Weg frei machen, soll ich da noch was tragen auch, oder wie? Weiber! Zu nichts zu gebrauchen!

U1. Die rote. Die fährt direkt zur Donauinsel. Leider haben die Deppen die Bahn so weit unten gebaut, dass man endlose Rolltreppen runter muss, was meine Frau in ihrer einfältigen, tollpatschigen Hilflosigkeit natürlich nicht schafft und zwei Drittel der Treppe samt Surfmaterial hinunter purzelt. Wäre ja direkt zum Lachen gewesen, wenn ich nicht genau gewusst hätte, dass das schlimme Beulen gibt. Da hilft nicht einmal das Surfbag, in dem das Brett eh gut geschützt ist. Aber bei so einem Sturz hat es sicher eine Delle abbekommen oder gar einen Riss, mein bestes Stück. Unten angekommen packe ich es gleich aus und schaue nach. Gott sei Dank! Keinen Kratzer! Also das Brett, meine Alte hat schon ein paar Blessuren. Aber die muss man ja nicht teuer reparieren lassen, nicht wahr? Die wächst von selbst wieder zusammen. Um das Schuhgeschäft komme ich jedenfalls rum, so wie ihre Zehe jetzt seitlich weg steht! Die passt in keine Heels mehr, hahaha!

Nachdem ich ihr die Zehe notdürftig gerade gerichtet, mit dem bei Surfern immer vorhandenen Klebeband getapt und wieder alles eingepackt habe, steigen wir in die U-Bahn ein. Was jammerst du denn so? Kann ich was dafür, dass du zu blöd zum Gehen bist? Sind ja eh gleich da, dann kriegst ein Eis auf die Zehe und eines in die Hand, okay? Was keppelst du da? Du, das habe ich jetzt überhört, gell?

Wenn ich den erwische, der für die idiotische Werbung verantwortlich ist, wo sie sagen, dass die neuen Deos 72 Stunden anhalten, dann steck ich ihn mit der Nase unter die Achsel des fetten Zweimeterriesen da neben mir! Mir ist regelrecht schlecht, als wir aussteigen. Unglaublich, wie rücksichtslos manche Menschen sind! Wie meinst? Ich soll es ihm sagen? Ich will da ja keinen Unfrieden, weißt! Wir steigen eh gleich aus. Was? Feig bin ich? ICH? Jetzt halt aber die Goschen sonst setzt es was, das sag' ich dir!

Noch zweihundert Meter zu Fuß, dann sind wir beim Sportgeschäft. Endlich das Brett einlagern, dann hat die Schlepperei ein Ende, und ich kann jederzeit surfen gehen, wenn mir danach ist. Nicht nur dann, wenn meine Frau mal frei hat! Ich hab' ja immer frei, ich studiere Sportwissenschaften. Seit 1992. Ist ein anstrengendes Studium. Meine Frau arbeitet in einem Spital. Pflegerin. Hat das Medizinstudium abgebrochen, als das Kind kam. Wenigstens verdient sie gut, mit den Überstunden halt. Sonst ginge es eh nicht. Ich hab' ihr damals schon erklärt, dass ich da nicht Schuld bin, wenn sie zu blöd zum Verhüten ist. Als Medizinstudentin noch dazu! Ich mein' – verhüten ist schon Sache der Frau, oder? Wir Männer können unmöglich bei jeder dran denken, wo kämen wir da hin?

Wird's bald, Mädel? Jammere da nicht rum, sind ja eh fast da! So ein Weichei, diese Frau! Was? Rücksichtslos bin ich? Ich? Was sagst? Ich verstehe dich ja kaum mit deiner geschwollenen Lippe. Aha? Das war das letzte Mal, dass du mir geholfen hast? Auch recht! Dann gehe ich halt nicht mehr mit dir shoppen! Ich schaffe das in Zukunft auch alleine! Du das mit dem Schuhgeschäft auch? Na siehst!

Wir sind vor dem Sportgeschäft. Meine Frau lädt das Zeug ab, fängt an, mit ihrer blutunterlaufenen Lippe breit zu grinsen, das schaut irgendwie aus wie in einem Horrorfilm, dreht sich um und humpelt triumphierend in Richtung U-Bahn. Da erst sehe ich das Schild mit der Horrornachricht auch: *„Wegen des Länderspiels heute Nachmittag geschlossen!"*

Schaaaatzi? Schaaaatzi! War doch alles nicht so gemeint! Hilfst du mir nochmal?

Samstagvormittag

Früher waren meine Samstagvormittage nie ein Problem. Da hatte ich einen Nebenjob, um das Haus zu finanzieren. Eine normale Vierzigstundenarbeit ist ja nur was für Weicheier. Richtige Männer haben nebenberufliche Aktivitäten. Also unterrichtete ich noch etwa acht Stunden an einer Erwachsenenbildungseinrichtung. Vier am Donnerstagabend, vier am Samstagvormittag. Manchmal auch noch den Samstagnachmittag. Da musst du dann schon schauen, dass noch irgendwann ein Zeitfenster zum Rasenmähen bleibt, weshalb ich mir einen Rasenmähroboter angeschafft hatte, als noch keiner meiner Nachbarn auch nur an so etwas dachte. Meine Frau meinte nur: *„Jetzt spinnst total. Bist du jetzt zum Rasenmähen auch schon zu faul?"* Sie darf das. Sie ist Lehrerin. Die weiß, was Stress ist. Die zündet am Sonntag den Griller mit dem Zeigefinger an, dabei braucht sie die Kohlen nicht einmal zu berühren, so einen Burnout hat die!

Aber seit einem Jahr habe ich den Nebenjob aufgegeben. Also den an der Bildungseinrichtung. Bin ja auch noch Fotograf, nebenberuflicher. Das belastet aber nicht. Aber als ich den Nebenjob nicht mehr ausübte, und am Samstag um 6:30 Uhr der Wecker läutete, wie immer halt, da brach der Pensionsschock über mich herein wie ein Junigewitter über ein Gartengrillfest. Wie um Gottes Willen sollte ich diesen endlos langen Samstagvormittag nur ausfüllen?

Beim morgendlichen Blick in den Spiegel erkannte ich, dass eine halbe Stunde mit einem eigentlich noch gar nicht nötigen Friseurbesuch zu schaffen sei. Der Blick in den Kühlschrank belehrte mich darüber, dass eine weitere halbe Stunde mittels eines Einkaufs abgedeckt sein müsste. Blieben noch drei Stunden, die ich rumkriegen müsse beziehungsweise vier, bis meine Frau wach werden würde. Samstagmorgenstau einrechnen, also zwei Stunden. Ein Blick aus dem Fenster – Hecke schneiden könnte ich. Ja, das müsste passen. Vierzig Meter Ligusterhecke in zwei Stunden, kein Problem mit meiner neuen High Performance Heckenschere mit Einmeterfünfzigschwert. Hab' sie etwas modifiziert. Drehstrommotor eingebaut, die Schwertklingen hartmetallbeschichtet. Damit kann man aus einer Limousine in drei Minuten ein Cabrio machen, wenn man will. Also wenn die Sicherungen nicht wieder alle durchknallen wie letztens als ich irrtümlicherweise den Steher vom Maschendrahtzaun abgesäbelt habe.

Daher am besten zuerst Einkaufen, der Hofer sperrt ja schon um 7:30 Uhr auf, der Friseur erst um 8:00 Uhr. Da komme ich drauf, dass Zeitmanagement jetzt eigentlich eher Luxus ist, Zeit habe ich wirklich genug. Egal, ab zum Hofer!

Ich parke mich nahe beim Eingang ein, Wegstreckenoptimierung. Wenn ich auf diesem Parkplatz stehe, habe ich nämlich in Summe die geringsten Wege: Auto -> Einkaufswagen holen -> Eingang Hofer -> zum Auto, ausladen -> Einkaufswagen zurückbringen -> Auto -> alles nochmal von vorne, weil ich jetzt im Auto doch noch den Einkaufszettel gefunden habe.

Lag am Fahrersitz. Gedankennotiz: nächstes Mal zuerst ins Auto steigen und dann den Zettel auf den Sitz legen! Würde einer Frau nie passieren, ich weiß. Aber wer zu faul zum Gehen ist, muss eben ordentlich sein. Betrifft mich ja nicht, ich habe ja Zeit.

Ich parke also, da sehe ich einen Mann Mitte Vierzig, der parkt am entferntesten Parkplatz, obwohl um die Zeit beim Hofer noch alles frei ist. Vermutlich hat der seinen Nebenjob schon länger gekündigt, von dem kann ich sicher was lernen. Ich beobachte ihn also ein wenig.

Er ist eindeutig der fleischgewordene Adonis aller feuchten Frauenträume. Etwa einssiebzig groß, jeder Zentimeter etwa ein Kilo, Shorts, heraushängendes Hawaiihemd, Sandalen, natürlich weiße Tennissocken. Gemächlichen Schrittes nähert er sich der Einkaufswagenkolonne. Nächstes Mal parke ich so, dass ich den Wind im Rücken habe, denke ich mir, als er nur noch zwanzig Meter entfernt ist. Ich überlege kurz, ob ich ihm einen Vortrag über Schweißgeruch halten soll. Seit ich meinen Söhnen erklärt habe, dass dieser von den im Schweiß lebenden Bakterien kommt, respektive von deren Ausscheidungen, duschen sie täglich zweimal. Sie wollen keine *„Bakterienscheiße"* unter ihren Achseln, sagen sie. Die Pubertät hat eben auch gewisse Vorteile.

Ich entscheide mich gegen einen Vortrag und für die Einhaltung eines Sicherheitsabstandes zu diesem olfaktorischen Selbstmordattentäter. Wie sagte mal ein Student zu mir, als ich ihn blöd angeredet hatte, weil er den Unterricht störte? Nichts sagte er. Ich fragte ihn dann, warum er nichts auf meinen Vorwurf erwidere. Da meinte er nur: *„Unrat muss man vorbeiziehen lassen können!"*

Also lasse ich dieses fleischgewordene Männerumkleidenduftkonzentrat vorbeiziehen und warte, bis er sich endlich doch noch für einen Einkaufswagen entschieden hat. Was ein wenig dauert, weil er keine Münze findet. Bitte, bitte frag' mich jetzt bloß nicht, ob ich wechseln kann! Tut er nicht, er findet glücklicherweise in seinen Shorts dann doch noch eine. In der Brieftasche hat er vermutlich nur große Scheine, die Deofirmen zahlen sicher gut dafür, dass er ihnen als Testkandidat immer wieder beweist, dass sie ihr Produkt noch erheblich optimieren können.

Es ist übrigens ziemlich schwierig, im Hofer einen Mindestabstand einzuhalten, wie ich die nächsten zehn Minuten merke. Also steuere ich auf die Gartensonderangebote zu. Jawohl! Die haben tatsächlich Wäscheklupperl im Angebot. Ich reiße ein Sackerl auf, nehme eines heraus und klemme es mir auf die Nase. Das aufgerissene Sackerl kommt ins Einkaufswagerl. Die 99 Cent leiste ich mir gerne. Einem entspannten Einkauf steht außer etwas Sauerstoffarmut in meinen Lungen nichts mehr im Wege.

Okay, ein wenig komisch schauen mich schon alle an, aber das ist mir egal. Bis mich ein Türke fragt, ob ich ausländerfeindlich bin, weil ich neben ihm eine Nasenspange trage. Keine Ahnung, antworte ich, ob der Typ dort ein Ausländer wäre, aber er stinke. Der Türke lacht und sagt, das hätte er auch schon bemerkt.

Backbox! Frisches Gebäck ist meine Schwäche. Ich stehe auf diesen Brotgeruch, den ich heute leider nicht wahrnehmen kann. Ich will zu den Laugenstangerln, aber da steht sein Einkaufswagen quer davor. Den schiebe ich natürlich zur Seite, da ist genug Platz. Da dreht sich das Bakterienausscheidungsproduktzentrum um, zeigt auf den Einkaufswagen und meint „Mein Wagerl!". Ich zeige auf das Brotregal, sehe ihm in die Augen wie der Charles Bronson dem Henry Fonda in *„Spiel mir das Lied vom Tod"* und sage ziemlich laut und genauso wortkarg wie Bronson nur: „Mein Brot!" – und schiebe seinen Wagen weg. Ich hoffe, das bleibt interaktionsmäßig alles, was ich mit dem Typen zu tun habe, weil ich nicht halb so gut schieße wie Charles Bronson.

Ich habe jetzt alles. Den Einkaufszettel hatte ich heute gefunden, also habe ich *wirklich* alles. Sogar den Schraubenziehersatz, den ich zwar eh nicht brauche, weil ich bei jeglichen Reparaturen im Haus sowieso nur den landesweiten Heftpflasterumsatz ankurble. Aber das Set war halt im Angebot. Seufz! Männer!

Also ab zur Kasse. Um die Zeit ist nur eine geöffnet, aber vor mir sind nur vier Kunden. Ich bin also noch im Zeitplan. Gerade als ich mit meinem Wagerl zur Kasse einbiege, schießt in einer nicht für möglich gehaltenen Geschwindigkeit der Geruchsattentäter mit seinem randvollen Einkaufswagen vor und zwickt sich vor mir rein. Ach du Bakterienscheiße, diese Agilität hätte ich ihm gar nicht zugetraut!

PING! *„Liebe Kunden, wir öffnen Kassa zwei für Sie!"* Bestens, ich wende meinen Wagen zur Kassa zwei, da schießt der Typ auch schon wieder an mir vorbei, drängt meinen Einkaufswagen weg und steht vor mir. Jetzt reicht es aber wirklich! Ich nehme das Klupperl ab, hole mit dem Mund tief Luft und ... mir wird schlecht. Von wegen, man riecht nur mit der Nase. Ach, pfeif drauf, ich gehe wieder zur Kassa eins. Leider ist die Entfernung zu gering, also Klupperl wieder rauf.

Die Kassiererinnen beim Hofer sind ja einiges gewöhnt und immer freundlich, aber als ich dran bin, sagt sie: *„Die Wäscheklammern verrechne ich Ihnen nicht, wenn Sie mir eine da lassen, nur falls der wiederkommt."* Und lacht. Klar, mache ich. Dafür bekommt sie das Wechselgeld als Trinkgeld.

Also ab zum Friseur. Der ist im Einkaufszentrum nebenan. Da kann man zu Fuß gehen. Kann man aber auch mit dem Auto fahren. Ich fahre. Das Auto des Attentäters steht immer noch da, jetzt verstehe ich. Der Parkplatz ist vom Einkaufszentrum gleich weit entfernt wie vom Hofer. Oh Gott, nein! Bitte nicht!

Doch der liebe Gott kennt kein Erbarmen. Als ich zum Friseur komme, sitzt er schon im Sessel. Die Friseusen machen mir den Haarschnitt gratis, dafür dürfen sie die Klupperl behalten.

Die Stellung

Wer jetzt glaubt, das wird eine schlüpfrige Geschichte, der irrt gewaltig. Wobei – ein wenig schlüpfrig wird es schon, aber anders, als man vielleicht denkt. Trotzdem: Diese Geschichte handelt nicht vom Kamasutra sondern von der Sache, die jeder junge, österreichische Mann mit achtzehn Jahren einmal durchmacht: Der Tauglichkeitsüberprüfung beim österreichischen Bundesheer.

Als der Stellungsbescheid kam, war ich heftigst erfreut, das kann ich euch sagen! Irgendwie hatte ich mich der fantastischen Hoffnung anheim gegeben, die würden mich vergessen. Weit gefehlt! Der Staat vergisst höchstens Dinge, die du von ihm zu bekommen hast, aber ganz sicher nichts, wenn er etwas von dir will! Also gut, in der Schule Bescheid gegeben, dass ich zwei Tage nicht da bin, was mir insofern ein gewisser Genuss war, weil ich da den Kolbenmaschinentest beim Professor X versäumte. Und der war Reserveoffizier und ein Militärschädel wie aus einer Deix-Karikatur, konnte aber bei *dieser* Entschuldigung kaum etwas einwenden. Wenigstens diesbezüglich hatten die von der Stellung also ein ganz gutes Timing!

Bin daher mit dem Zug nach Linz gefahren und von dort mit der Straßenbahn in die Kaserne. Da warteten schon an die dreißig vorauseilend gehorsame Rekruten in spe, die es anscheinend gar nicht erwarten konnten, bei diesem Deppenverein mitzumachen. Insgesamt waren wir etwa fünfzig, glaube ich. Auch ein paar coole Typen dabei, und wir haben gleich mal Pläne geschmiedet und unsere Informationen ausgetauscht, wie wir es wohl zu einer Untauglichkeitsbescheinigung schaffen könnten. Da musst du ja höllisch aufpassen, sonst hast du später beim Führerschein oder bei einer Bewerbung als Beamter den Scherben auf! Und blöd stellen alleine ist sowieso total kontraproduktiv, je blöder man ist, ein umso besserer Soldat ist man! Wie beim Forrest Gump: *„Private Gump! Wozu sind Sie in der Army?"* – *„Um Ihre Befehle auszuführen, Drillseargent!"* – *„Private Gump, Sie sind ein verfluchtes Genie!"* Nein, ich wollte wirklich kein verfluchtes Genie sein.

Als erstes bekamen wir einen Fragebogen. Es war offensichtlich, dass man diesen auf einfache Auswertung (damals noch ohne EDV, jede Wette!) optimiert hatte, weil man im Normalfall alle Kreuze in der rechten Spalte machen musste, sodass bei der Auswertung jedes Kreuz in der linken sofort auffiel. Die Fragen waren großteils aus der Kategorie: *„Köpfen Sie gerne Blumen ja/nein?"* über *„Waren Sie schon einmal bewusstlos ja/nein?"* bis zu *„Sind Sie homosexuell ja/nein?"*

Shit! Ich bin nicht schwul. Was, wenn ich hier lüge und dann stecken die mich in ein Regiment mit lauter Schwulen? Auch kein Spaß, sich acht Monate lang nicht nach der Seife bücken zu können. Das riskiere ich besser nicht. Aber bewusstlos war ich schon oft. Einmal einen Baseball an die Birne bekommen, ein andermal beim Basketball gegen die Wand gerannt, die sich Rudi nannte, und einige Male zu viel mit Johnny Walker unterwegs gewesen. Also JA angekreuzt. *"Haben Sie Migräne ja/nein?"* Da musste ich nicht einmal lügen. Auch JA. Und bei *"Sind Sie aggressiv ja/nein?"* das Kreuz bei NEIN so fest gemacht, dass das Papier zerriss. *"Sind Sie Analphabet ja/nein?"* Leute, ist das euer Ernst? Wie sollte ich den Fragebogen ausfüllen, wenn ich nicht lesen kann? Oder war das ein verkappter Intelligenztest? Also NEIN. Einen kleinen Seitenhieb kann ich mir dann doch nicht verkneifen. Bei der Frage *"Wird Ihnen beim Anblick von Blut schlecht ja/nein?"* kreuze ich nichts an und schreibe dazu, dass ich letztens bei der Blutwurst beim Heurigen furchtbar gekotzt habe, ob das auch gelte?

Der Typ neben mir will anscheinend Schwierigkeiten. Er kreuzt abwechselnd links und rechts an. Bin neugierig, ob die das merken, oder auf jedes JA gesondert eingehen in der psychologischen Befragung.

Danach kommt wirklich ein Intelligenztest. Ich habe ja schon oft welche gemacht, einfach so zum Spaß. Da gibt es spezielle Bücher mit solchen Tests. Samt Lösung. Diese Tests sind normalerweise alle zeitlich so knapp ausgelegt, dass man unmöglich ganz fertig werden kann, aber genau DIESEN TEST hier habe ich kürzlich gemacht. Haha, ein großer Zufall, okay! Oder sie haben eben das gleiche Buch wie ich. Ich mache ihn also locker fertig. Sollen sie sich mal wundern, was der Typ mit einem IQ, der Einstein als Sonderschüler dastehen lässt, hier macht.

Es folgen klinische Untersuchungen. Durchleuchten, EKG, etc. Jeder Körperteil wird registriert, inspiziert, diagnostiziert, malträtiert, infiziert, injiziert, und selektiert. Und die lassen keinen, aber auch wirklich gar keinen Teil aus! Wenigstens erwische ich eine Ärztin. Glück gehabt. Also sie.

Und dann das Highlight. Blutabnahme! *„Leute, habt Ihr meinen Fragebogen nicht gelesen? Ich kann kein Blut sehen!"*, stelle ich zur Disposition. *„Dann schau halt zur Seite!"*, meint der Sanitäter mit einer Logik, der ich nichts entgegenzusetzen habe. Außer, dass wir zu fünft da sitzen, einer neben dem anderen, allen wird zugleich Blut abgenommen, dann sind die nächsten fünf dran. Wo bitte soll ich da hinschauen? Also schließe ich einfach die Augen. Spüre den Stich. *„Arm anwinkeln und drei Minuten so lassen, damit Sie nicht bluten!"* kommt das Kommando. Wow, das ging flott. Ich weiß, dass man beim Militär Befehlen ohne nachzufragen folgen muss, winkle den Arm an, worauf der Sani schreit: *„Bist komplett deppert?"* Aber da ist es schon zu spät, riesige Blutlache am Boden, der Stellungspflichtige neben mir kippt vom Sessel, ich auch, als ich die Sauerei sehe. Der Sani läuft um Verbandszeug und rutscht in der Lache aus und haut sich den Kopf an. Naja, kein großer Schaden, denke ich.

Das Kommando mit dem Arm hatte nämlich nicht mir gegolten. Meine Nadel war noch drinnen, als ich verfluchtes Genie den Arm befehlsgemäß abwinkelte. Also bitte, bei fünf Leuten nebeneinander braucht sowas keinen zu wundern oder?

Nach einer Stunde bin ich wieder auf dem Damm. Gratis Cola, mir gefällt es fast bei dem Verein! Doch dann kommt das Mittagessen in der Kantine. Alter! Dass man aufmüpfige Soldaten mit disziplinären Methoden brechen kann, das wusste ich. Aber dass man das Brechen gleich am ersten Tag mit dem Essen erledigt, das wusste ich nicht! Ich krieg das Zeug beim besten Willen nicht runter und freue mich auf den Nachtisch. Pudding. Wie ich feststellen muss, ohne den geringsten Anteil Zucker. *„Den Zucker hat der Koch vermutlich privat gebraucht, ist immer so.",* klärt mich ein Soldat auf, der hier Dienst tut. Insider, wie es scheint, weil er aus der Tasche eine kleine Tupperdose mit Zucker hervorholt.

Acht Monate bei diesem Verein, und ich kann in Bangladesh als Model arbeiten, nein, das muss verhindert werden!

Am Nachmittag werden unsere sportlichen Leistungen überprüft. Es ist gar nicht so einfach, sich als völlig bewegungsgestört zu präsentieren, wenn man sein Leben lang Sport gemacht hat, aber ich schaffe das. Keine einzige Liegestütze, beim Klimmzug abgerutscht und runtergefallen, das Steißbein angeblich geprellt und den Rest verletzungsbedingt nicht absolviert. Yeah! Jackpot!

Abendessen? Siehe oben. Aber schlauer geworden und in der Kantine eine Tafel Schokolade gekauft, bevor sie schließt. Danach ein wenig Fernsehen im Aufenthaltsraum mit einem richtig netten Vizeleutnant, dem – so scheint es – kurz vor seiner Pension alles scheißegal ist. Ich fürchte, der ist leider kein repräsentatives Exemplar eines Ausbildners.

Wecken um sechs. Die Stadtkinder schauen blöder aus der Wäsche als der Andreas Vitasek in seinem Kabarett. Sind das wohl nicht gewohnt, die Muttersöhnchen. Mir macht das nichts. Ist ja nur noch der Vormittag, zuerst die Abschlussuntersuchungen, dann das Ergebnis.

Wir warten beim Psycho. Eine ganze, lange Bank voll von Jungmännern. Mein Name wird aufgerufen. Der Psycho will wissen, wann und warum ich bewusstlos war. Passiert mir öfter, sage ich. Ob ich meines Wissens nach Epilepsie hätte? Keine Ahnung, sage ich, was ist das? Na, wenn man hin und wieder einfach umfällt, meint er. Ach so, ja das Zeug hätte ich auch schon mal getrunken, antworte ich. Er entlässt mich. Nach mir kommt der Typ rein, der zickzack angekreuzt hat. Ich höre den Shrink da drinnen achtzehn Minuten herumbrüllen, dann kommt der Junge total konsterniert heraus. Wenn seine Kreuze vorher nicht gestimmt haben, jetzt tun sie es sicher.

Jetzt stehen wir also da vor dem Herrn Major, der uns die Tauglichkeitsbescheide ausstellt. Er hat genau drei Stempel: TAUGLICH, BEDINGT TAUGLICH und UNTAUGLICH. Er nimmt den aus meiner Sicht ganz und gar falschen und fragt mich, als ich an der Reihe bin, ob ich wüsste, welchen IQ Wert ich erreicht hätte? Ich verneine, wie auch. Er meint *„165! Sie sind ein verfluchtes Genie oder Sie haben geschummelt!"*. Ich entschuldige mich für das schlechte Ergebnis, jeder hätte mal einen schlechten Tag. Das Gesicht war den Spaß wert. Er fragt mich, ob ich eine Offizierslaufbahn machen möchte? Ich müsste mich dazu nur ein Jahr statt acht Monaten verpflichten. „EF" – ein Jahr freiwillig. Von den zusätzlichen Übungen sagt der Sack natürlich nichts. Ich frage, mit welchem Rang ich da einsteigen könnte und ob ich mit IQ 165 für so eine Laufbahn nicht überqualifiziert wäre?

Er knallt den Stempel TAUGLICH drauf und fragt kühl, welche Waffengattung ich mir wünsche?

„Zivildienst bitte!"

„Das ist keine Waffengattung, Jungmann!"

Nach kurzer, unfruchtbarer Diskussion kreuzt er *„Fernmelder"* an. Ich hab' ihm das nicht erlaubt und sage ihm das auch. Da scheucht er mich einfach weg. Er darf das, er hat die Majorität hier. Sieht man an seinem Kragenspiegel.

Wieder zuhause in meinem kleinen Ort ist der Bürgermeister *„unheimlich stolz, dass alle Jungmänner tauglich sind!"* und lädt uns in Bausch und Bogen auf ein Schnitzel ein. Ich schlucke meinen Stolz und Widerspruch hinunter und lasse es mir nach diesen eineinhalb Tagen Kantinenfraß schmecken. Zu lange nichts Vernünftiges gegessen. Erst als ich satt bin, sage ich ihm, dass ich lieber untauglich gewesen wäre.

Man weiß ja nie, vielleicht hätte ich sonst keines bekommen?

Zivi

Ihr wisst, was ein Zivi ist, oder? Ja, ich hatte also doch meinen Schädel durchgesetzt und mich zum Zivildienst gemeldet. Leider war das damals noch mit einem Antritt bei der Zivildienstkommission verbunden, und das war kein Lercherlschas, wie die Wiener sagen, wenn etwas nicht einfach ist. Etwa 60-70% der Anträge wurden damals erstinstanzlich (was für ein schönes Wort!) abgelehnt. Man musste vor eine Kommission, der ein unabhängiger Richter vorsaß, mit acht Beisitzern, die Institutionen wie Arbeitgeber, Arbeitnehmer, Jugend, Kirche, Militär, Innenministerium und vermutlich auch die Mietervereinigung und den Schrebergartenverband, etc. vertraten. Die Beisitzer sagten meistens nicht viel, im Endeffekt hing alles vom Richter ab. Und der in Wien – ich war während des Studiums Wiener Bürger – war gefürchtet.

Also geht der Zivildiener in spe zuerst einmal zur Fachschaft an der TU Wien und lässt sich beraten. Was man sagen soll, was man auf keinen Fall sagen darf, wo man sich blöd stellen muss, etc. Und dann, April 1991, stehe ich vor der Kommission. Vor mir liefen zwei Leute heulend heraus, davon einer in Rotkreuzuniform samt kopfschüttelndem Rotkreuzvorgesetztem. *„Bit du deppert, die pinnen da drinnen!"*, meint der Rotkreuzler mit seinem dezenten Sprachfehler. Der Richter schien gut in Fahrt gewesen zu sein, oder seine Frau hatte ihn am Wochenende geschlagen, was weiß ich.

"Herr Leitenbauer, bekennen Sie sich eigentlich zur umfassenden Landesverteidigung?" Das war eine dieser Fragen, wo man nicht *"Nein"* sagen darf, auch wenn es einem auf der Zunge liegt. Sonst ist man ja sofort ein Totalverweigerer. *"Ja, natürlich!"*, antworte ich kurz. Nur nie zu viel reden, sagten sie mir bei der Beratung. *"Und warum wollen Sie sich dann nicht daran beteiligen?"*, fragt der Richter. *"Ich will mich ja daran beteiligen!"*, sage ich. *"Aber Sie wollen ja nicht zum Militär!"*, sagt er. *"Doch!"*, sage ich, *"Aber nur, wenn Sie mir garantieren können, dass ich niemals eine Waffe angreifen oder jemanden schaden muss!"*

Damit war uns beiden klar, dass ich vorbereitet war. Mit billigen Fragen würde er mir nicht beikommen, das wusste er jetzt auch. Na dann halt subtiler. *"Warum haben Sie sich dann bei der Stellung als Fernmelder eintragen lassen?"*, will er wissen. *"Na, ich wollte ja Zivildienst ankreuzen, aber das gab es nicht. Der Herr Major hat dann einfach Fernmelder angekreuzt, obwohl ich das nicht wollte."*

Ob ich regelmäßig in die Kirche gehe, schließlich stehe beim Religionsbekenntnis *"katholisch"*, wollte der Beisitzer der Amtskirche wissen, der anscheinend kurz aufgewacht war. Ich antworte ihm, dass ich zwar in die Kirche und sogar zur Messe gehe, aber nicht regelmäßig. Auch so eine Falle. Sagt man *"regelmäßig"*, fragen sie weiter ob jede Woche, jede zweite Woche, alle sieben Wochen oder was man eben unter *"regelmäßig"* verstünde. Nicht mit mir, Leute! Alle anderen

Beisitzer schlafen eh noch immer. Die sollten statt Sitzungsgeld Liegegeld bekommen!

So geht es weiter. Welche Art Zivildienst ich mir wünsche? Einen, wo ich Menschen helfen kann. Krankenhaus zum Beispiel. Ob ich da kein schlechtes Gewissen hätte, wenn andere für mich den Kopf hinhalten müssten? Natürlich, das bereite mir schlaflose Nächte, aber ich könnte nunmal unmöglich auf jemanden schießen oder so etwas. Und irgendwer müsse die hingehaltenen Köpfe dann ja auch wieder reparieren. Sie schöpfen die vollen zwanzig Minuten aus.

Dann kommt das Protokoll. *„Unterschreiben Sie das, dann können Sie gehen, Herr Leitenbauer!"*, meint der Richter und nimmt sich den nächsten Akt.

„Nein."

Stille. Entsetzen. Alle Beisitzer auf einmal wach. *„Nein"* dürfte noch keiner gesagt haben, zum honorigen Herrn Richter. Also jedenfalls nicht hier. Er fragt mich, warum ich das Protokoll nicht unterschreiben wolle. Weil ich das und das und das so nicht gesagt hätte und das und das und das darin fehle, erkläre ich ihm. Worauf er das Protokoll noch einmal schreiben lässt, jetzt ist es statt zwanzig Zeilen zwei Seiten lang. Das dauert zehn Minuten. Ich unterschreibe und stehe auf.

„Eine Frage noch, Herr Leitenbauer!", hält mich der Richter zurück. *„Was machen Sie von Beruf?"*. Der Sack hat das eh in den Akten, ganz sicher. Ich erkläre ihm, dass ich gerade mein

Studium aus Technischer Physik beendet hätte und jetzt gerade arbeiten würde. Wie lange ich für das Studium gebraucht hätte? Mindestzeit plus drei Monate, sage ich wahrheitsgemäß, weil ich leider die letzte Prüfung in Quantenphysik versemmelt hätte. *„Ich wünsche Ihnen noch einen schönen Tag, Herr Diplomingenieur!"*, sagt er sehr freundlich. Das erste Mal, dass hier jemand freundlich zu mir ist. Anscheinend bin ich den Drückebergernimbus jetzt los. Irgendwie muss ich innerlich respektlos lachen. Als wenn es auf den Beruf oder den Titel ankäme, vor der *„Gewissenskommission"*!

Zwei Wochen später kommt der positive Bescheid. Der Richter landete übrigens nach Abschaffung der Kommission bei den Asylverfahren. Habe nachgeforscht.

Kurz darauf ruft mich eine freundliche Dame vom Innenministerium an. Sie hätte da drei Vorschläge für meinen Zivildienst. Erstens ein Archivjob, den könne sie sehr empfehlen, praktisch nichts zu tun. Das zweite, nein, das wäre nichts für mich. AKH Notfallaufnahme, das wäre furchtbar. Das Dritte wäre ... *„Ich will bitte ins AKH!"* – *„Sind Sie sicher?"* – *„Hundertprozentig sicher!"*

Und so lande ich im AKH.

Zuerst allerdings in der sechswöchentlichen Grundausbildung beim Arbeitersamariterbund in Wien-Ottakring. Eine ganz eigene Geschichte! Ich mag Ottakring. Wienerischer ist Wien nirgends.

Nach dieser Ausbildung kommen wir also voller Elan ins AKH und werden zwei Tage lang einem *„Das darfst du – das musst du – das darfst du nicht – Programm"* unterzogen, wobei da ein Merkzettel auch gereicht hätte. Man ist ja nicht blöd. Und so war uns dermaßen fad, dass wir vierundzwanzig Zivis (zwei davon kamen auf die Notfallstation, der Rest war anderen Abteilungen im AKH zugeteilt) einen Wassertrinkwettbewerb begonnen haben. Auf dem großen Konferenztisch standen nämlich Mineralwasserflaschen zur freien Bedienung. Einer hat es übertrieben und musste nach zwölf Litern Wasser an einem Vormittag stationär behandelt werden. Wasser kann in großen Mengen wirklich *„giftig"* wirken, fragt mich nicht warum. Irgendwann hat der Vortragende es dann überzuckert, dass wir nicht fürchterlich durstig sondern nur blöd sind und den Wassernachschub kontingentiert. Da war es für den einen aber schon zu spät. Naja, er hat's überstanden.

Dann ging es endlich auf die Stationen. Wenn wir sie fanden. Das AKH ist groß! Meine Aufgabe (und die meines Kollegen, der mir gleich in seinem urwiener Dialekt erklärte: *„Oida, ans sog i da glei: A Loch hackeln ma uns do net in de Schlapfn, vastehst?"*) war, die Kranken von A nach B zu bringen, was er der Schwester nach einigen Wochen verklickerte, als die meinte, er solle ein Bett überziehen. Am nächsten Tag waren wir nicht mehr auf der Notfall, wo uns die Schwestern eh immer nur das Frühstück weggefressen hatten, die armen, verhungerten Matschkerln. Man versetzte uns zu den Trägern. Leitstelle Krankentransport, wie es offiziell hieß.

Dort sitzen den ganzen Tag etwa fünfzehn Träger herum und rauchen und schauen in die Luft. Manchmal reden sie auch, aber mit eingeschränktem Vokabular. Dann klickt die Sprechanlage und die Leitstelle ruft: *„Müller, Liegender von K18 auf Röntgen!"*, was so viel heißt wie: *„Müller, du fauler Sack, steh' irgendwann in den nächsten 20 Minuten auf und geh gemütlich auf die Station K im 18. Stock, wo du einen Patienten mit seinem Bett übernimmst und gemächlich zum Röntgen im 6. Stock bringst, möglichst ohne dich zu verlaufen!"* Manchmal dauerte es auch länger. Vor allem für die Patienten, wenn der Müller in seiner Blödheit die Ankunft des Patienten der Stationsschwester beim Röntgen nicht gemeldet hatte. Da lagen manche Patienten schon auch mal vier Stunden herum.

Rauchen ist für mich ja okay, aber blöd schauen nicht. Also lese ich da drinnen ein Buch. Das wiederum hat zur Folge, dass ich als *„unterbeschäftigt"* wahrgenommen werde und dreimal so viele Fuhren aufgehalst bekomme wie alle anderen. Also sechs Fuhren am Tag statt zwei. Eindeutig ungerecht. Ich gehe zum Boss, ein Mittdreißiger mit mitthundertdreißig Kilo Körpermasse. Wenn er aufstehen muss, willst du unwillkürlich den Defibrillator holen. Ich erkläre ihm mein Anliegen: *„Warum krieg ich immer den Job, nur weil ein anderer grad raucht?"* Der Boss, selbst starker Raucher, meint nur: Fertigrauchen dürfe bei ihm nunmal jeder. Wenn einer hingegen Zeit zum Lesen habe, ginge halt der. Die Logik ist einleuchtend. Rauchen kann hier jeder, lesen nicht.

Nächsten Tag sitze ich drin und rauche. *„Leitenbauer, ein Sitzender von ..."* – *„I rauch grod!"* – *„Okay! Rauch fertig, der hot's eh net drawig!"*

Fünf Minuten später wieder das gleiche. *„I rauch nu immer!"*

Nochmal fünf Minuten später wieder das gleiche. *„I rauch nu immer!"* Da geht Sekunden später die Tür auf, und der Chef steht doch tatsächlich im Raum. Ein Jahrhundertereignis. Das waren mindestens fünfzehn Schritte gewesen. Er schaut mich an, bis er wieder zu Atem gekommen ist und schickt den Drawnicek, meinen Zivikumpan. Der ist Nichtraucher aber dafür jetzt angefressen.

Pfeifenrauchen hat eben auch seine Vorteile.

Der (ein-)gebildete Kranke

Ich bin kein Hypochonder! Ich kenne mich nur ein wenig aus und weiß eben, was man alles kriegen kann. Und was ich schon alles gehabt habe! Da ist der Dr. House ein laues Lüfterl dagegen im Gewittersturm der Krankheiten! Den kann ich jetzt aber nicht mehr schauen, seit mir meine Frau den RTL mit einer Kindersicherung gesperrt hat, das böse Weib! Dabei ist es nur meiner Wachsamkeit zu verdanken, dass ich nicht schon längst an einer sehr seltenen Krankheit gestorben bin! Da tät sie schön schauen, weil in meinem Testament habe ich alles dem *„Verein für seltene Krankheiten e.V."* vermacht.

Also hilft mir halt jetzt die tolle, neue App am Handy, die heißt *„Was fehlt mir?"* Die ist supercool für Leute ab 40. Da kriegt man erst mit, was man alles hat! Du gibst die Symptome ein, zum Beispiel Durchfall, Kopfweh, Halsweh, Bauchschmerzen und kriegst dann eine Diagnose inklusive Wahrscheinlichkeit.

Sonst wäre ich ja nie draufgekommen, dass ich eine Salmonellose habe! Eine wirklich gefährliche Krankheit! Da kann man sterben! Ich also sofortigst zum Arzt gestürmt, durchs Wartezimmer durch mit einem Brüller *„NOTFALL!"*, rein zum Arzt, wo gerade eine Nachbarin, eine Zweiundneunzigjährige, nackig auf der Liege liegt und untersucht wird. Da kommt dann zu den Symptomen auch gleich noch Übelkeit dazu, was die Salmonellosewahrscheinlichkeit sofort von 48% auf 65% hochschnellen lässt, sagt jedenfalls mein Handy. Ich bin quasi schon fast tot!

Er schickt mich trotzdem raus, aber als die alte Frau fertig ist, was gefühlte Stunden dauert, holt er mich rein und hört sich meine Diagnose an. *„Alter!", sagt er, „Du warst ja mit mir gestern beim Wirtn und hast sicher vier Bier und vier doppelte Korn gehabt, kein Wunder, wenn du heute Kopfweh und Durchfall hast!"*

„Und was ist mit dem Halsweh und den Bauchschmerzen, ha?"

Da ist er sprach- und ratlos. Immer muss ich seine Arbeit machen. Ich sage ihm, dass er mir am besten Ciprofloxacin verschreiben soll, das ist ein gut wirksames Antibiotikum gegen Salmonellen, habe ich gegoogelt.

„Ich hab' da was Besseres!", sagt er. *„Das ist so geheim, dass sie es sogar falsch etikettieren, um kein Aufsehen zu erregen. Das neueste Breitbandantibiotikum, das hat auch kaum Nebenwirkungen."* Er verschreibt mir „Nervenruh forte". Auf der Packung steht, dass es beruhigend wirkt, auf rein pflanzlicher Basis. Aber ich weiß jetzt ja, was es wirklich macht und besorge mir das Wundermittel sofort in der Apotheke. Krankgeschrieben bin ich auch für zwei Tage.

Zuhause setze ich mich auf den Küchensessel und lese den Beipackzettel genau durch. Außer etwas Müdigkeit keine Nebenwirkungen, ob das auch gelogen ist? Ich werfe die erste Tablette ein, dann zur Sicherheit noch eine, und schlafe prompt am Sessel ein, der linke Arm hängt über die Lehne, drückt ein wenig in der Achsel, aber ich schlafe sicher eine gute Stunde.

Als ich aufwache folgt der Schock. Der linke Arm ist total taub, ich habe immer noch Bauchschmerzen und der Arm ist blaurot. Ich öffne die App – 64% Wahrscheinlichkeit für einen Herzinfarkt. Da kenne ich mich auch ohne diese App schon aus. Also sofort zum Arzt, wieder rein gestürmt, diesmal eine junge Frau auf der Liege und der Doktor ... lassen wir das! Er wirft mich raus. Als sie rauskommt, werde ich rein gerufen. Ich zeige ihm meinen Arm, kläre ihn über die Vorgeschichte auf, der Arm ist aber kaum noch blau, und erkläre ihm, dass das sicher ein Infarkt ist. Mein Handy habe ich auf Aufnahme, ich will Beweise für die zu erwartende Fehldiagnose!

Er lacht mich aus, hängt aber trotzdem die EKG Elektroden an. *„Nichts Verdächtiges zu sehen!"*, meint er. *„Klar!"*, erkläre ich ihm, *„Weil man Hinterwandinfarkte nicht erkennt, wenn man die Elektroden so talkert anpickt wie du! Hast du auf der Uni gar nichts gelernt?"*

Als er sagt, dass mir die Lehne des Sessels vermutlich nur das Blutgefäß abgedrückt hat, was alles erklären würde, zucke ich aus. Ich bin ja kein vollkommener Trottel, oder? Er solle froh sein, dass ich ein Patient bin, der mitdenkt, sonst hätte er eh schon lange einen weniger. Ob er draußen nicht gleich das Werbematerial vom Totengräber auflegen möchte? Scheine mit ihm ja eh ein Joint Venture zu haben.

Er sagt, er würde mir jetzt eine Trombolyse gegen das Blutgerinnsel im Herzkranzgefäß verabreichen, sticht mich ziemlich unsanft in die Armbeuge und haut mir eine Infusion rein. Ich schlafe sofort zufrieden ein. Gerade noch rechtzeitig, denke ich, bevor mir das Bewusstsein schwindet. Dem Tod noch einmal von der Schippe ...

Als ich vier Wochen später dann doch aus der Geschlossenen entlassen werde, bekomme ich auch mein Handy wieder. Ich gehe nie wieder zu einem Arzt, nachdem ich die Aufnahme abgehört habe.

Katzenjammer

Wir haben eine Katze. Nein eigentlich einen Kater. Stimmt auch nicht wirklich, denn seine Glocken läuten schon lange nicht mehr. Franz-Josef heißt er, weil er sich aufführt wie ein Kaiser. Aber alle sagen nur Franzi zu ihm. Ein richtig süßes Tier, schwarz mit weißen Söckchen, sehr zutraulich, kratzt fast nie, ist in der ganzen Siedlung beliebt, weil er praktisch in jedes Haus betteln geht, aber nie aufdringlich ist. Ich sage immer: *„Franzi hat hier vier bis fünf Restaurants in der Straße. Wenn Hunde einen Herrn haben, dann hat Franzi Personal."* Und er schaut sich auf sein Personal. Franzi ist ein guter Arbeitgeber.

Seit einigen Wochen aber hat er Konkurrenz bekommen. Eine sehr ungepflegte, graue Katze mit ein paar schwarzen Streifen. Tigermuster oder sowas in der Art. Franzi ist ja sehr sauber, den siehst du nie unfrisiert, obwohl ich ihn nicht streichle, wegen meiner Allergie. Das erledigen eh alle anderen. Aber diese neue Katze ist ein Ferkel. Und sie kommt durch die Katzenklappe nächtens in unser Haus und frisst dem armen, schüchternen Franzi das Futter weg. Wenn Franzi diniert, hörst du nichts und nachher ist alles so sauber wie vorher. Wenn diese neue Katze da war, scheppert das Augartenporzellan, auf dem seine Majestät das Fresserl serviert kriegt und danach liegen überall die Brösel oder Knochen herum, je nachdem ob es Futter aus der Dose oder die Reste des letzten Brathendls gegeben hat.

Franzi ist ja sehr nützlich auch. Wenn ich beim Schinken nicht mehr weiß, ob er noch gut ist, dann lass ich ihn daran schnuppern. Wenn er desinteressiert abdreht, wird's Zeit, dass wir den Schinken aufessen. Franzi ist da sehr sensibel! Und wenn er wieder einmal eine Taube erwischt, bringt er sie immer brav und legt sie auf den Perser im Wohnzimmer. Schon gerupft und geköpft, die Federn findet man im ganzen Haus. Die Taubenplage wäre ohne Franzi noch viel schlimmer.

Und intelligent ist er! Wenn er kommt, miaut er dreimal, damit alle wissen, dass er jetzt Audienz hat. Dann geht er zur Speisekammer und wartet, dass man das Futter holt und auf den Teller gibt. Dann geht er vor zur Vorhaustüre, wo es serviert wird und wartet. Sehr stilvoll ist er, unser Franzi! Und er isst nie ganz auf, er lässt immer ein Anstandsstück übrig.

Nach dem letzten Urlaub war Franzi traurig. Kein Wunder, eine Woche lang hatte Restaurant Nummer eins geschlossen. Er hat mir seine Trauer auf seine ganz eigene Weise ausgedrückt. Franzi ist ja normalerweise sehr reinlich. Ich hatte daher seinen feuchten Ausdruck stillen Protests sofort verstanden, als ich mich damals in mein Bett gelegt habe. Seitdem ist meine Schlafzimmertür halt immer geschlossen.

Wenn man Franzi sein Menü serviert, dann riecht er zuerst dran und entscheidet danach, ob es ihm mundet oder ob er doch lieber in ein anderes Haus speisen geht. Manchmal kommt er dann zurück und entscheidet sich doch noch dafür. Manchmal ... in letzter Zeit war dann oft diese neue Katze da und hatte es ihm schon weggefressen. Meistens kommt sie zwischen 22 Uhr und 22:30 Uhr. Wenn ich es scheppern höre und die Wohnzimmertüre aufmache, zischt sie ab wie ein geölter Blitz, wartet, bis ich vor dem ORF eingeschlafen bin, was unvermeidlich ist, und kommt dann zurück, um in aller Ruhe zu dinieren.

Ich habe schon alles versucht: Tür ganz leise öffnen – sie hörte mich trotzdem. Vogelscheuche hinstellen – mit der hat sie dann gespielt, bis sie ganz zerfetzt war, die teure Porzellanpuppe meiner Frau. RTL statt ORF – bin trotzdem eingeschlafen. Nein, da muss ein Plan her, um diesen Usurpator von Katze, diesen illegalen Fressasylanten, diese kulturfremde Katzenfutterdiebin ein für alle Mal zu vergraulen! In diesem Haus hat nur einer das Gegraultwerdenrecht, und das ist unser Franzi!

Nun spielen meine Söhne ja gerne mit Schweizerkrachern. Überhaupt am Sonntagabend, wenn die Nachbarn am Einschlafen sind. Die Jungs werfen die Kracher am liebsten in den Gulli vor unserer Einfahrt. Deshalb haben wir ja auch keine Ratten und Mäuse in der Siedlung, das ist nicht wegen Franzi, das erledigen meine Jungs! Wenn so ein Kracher im Kanal losgeht, legen die Ratten die Ohren an und hauen ab. Der Schalldruck bügelt jedes Faltenrockerl glatt, das kann ich euch sagen! Sind tschechische Kracher, in dieser Lautstärke gibt es die bei uns gar nicht!

Also ich sitze mit einer Dose Bier beim Fernsehen, da scheppert wieder im Vorhaus das Geschirr. Ich raus – Katze weg. Aber ich weiß ja, die kommt in einer halben Stunde wieder. Das Bier ist fast leer, da kommt mir eine grandiose Idee. Ich hole mir also die letzten vier Schweizerkracher meiner Kinder und stecke drei davon in die Bierdose. Einen behalte ich in der Hand und lege mich hinter der Ecke am Boden auf die Lauer. Ich warte. Im Wohnzimmer läuft eine Dokumentation im TV. Irgendwas über Tiger, und dass die fast ausgestorben sind. Passt gut denke ich, da mach' ich mit!

Nach zwanzig Minuten tut mir alles weh vom Liegen auf den Fliesen, keine Katze in Sicht. Als wenn sie es wüsste! Ich bleibe aber stur – und liegen. Könnte eh nicht auf, Kreuz eingeschossen, Füße eingeschlafen, Ellbogen wund. Nach weiteren zehn Minuten fange ich an nachzudenken, ob ich da eventuell umsonst liegen sollte. Gerade als ich doch aufstehen will, höre ich leises Tapsen auf der Kellerstiege. Unsere Katzenklappe ist ja in der Kellertüre. Und in der Tat – das Geschirr scheppert. Jetzt hab' ich dich!

Ich zünde so leise wie möglich den Schweizer an und stecke ihn durch die Öffnung der Dose zu den anderen. Dann stelle ich die Dose ganz vorsichtig und leise mit der Hand auf den Boden und schiebe sie um die Ecke in Richtung ...

Ich wusste nicht, dass die so schnell nach dem Anzünden hochgehen! Ein infernalischer Lärm, gepaart mit einem fast noch lauteren Kreischen der so brüsk beim Speisen gestörten

Katze breitet sich durchs Vorhaus aus. In meiner Hand halte ich die Reste der zerfetzten Dose. Ein Weißblechstück habe ich auf dem Handrücken. Ich will es wegwischen, da merke ich, dass es noch immer zur Dose gehört. Schaut ein wenig aus wie eine Kreuzigung ohne Kreuz, wie das Ding da durch meine Hand wächst. Jössasmaria!

Im Krankenhaus schreibt mir der Arzt auf einem Zettel auf, dass ich großes Glück hatte. Hätte ins Auge gehen können, wortwörtlich. Zuerst hat er ja versucht, mir das zu sagen, aber ich höre im Moment sehr schlecht. Ich bedanke mich also und fahre mit der verbundenen Hand nach Hause. Aber DAS Erlebnis wird sich diese Katze gemerkt haben, da bin ich sicher! Die kommt nie wieder! Sieg auf der ganzen Linie! Im Krieg muss man halt mit kleinen Verlusten und Verwundungen rechnen!

Als ich das Haus betrete, sehe ich: Im Vorhaus hat mir eine Katze ein Souvenir hinterlassen. Ein Speiseendprodukt.

Dafür ist der Katzenteller leer. Ohne Anstandsstück.

Am Stock

Irgendwann kommt das Alter, da gehen wir alle am Stock. Beziehungsweise mit einem solchen. Ich fühle mich aber eigentlich noch recht rüstig, das kann von mir aus also noch ein wenig warten.

Meine Nachbarin ein paar Häuser weiter ist da ganz anders. Die ist zwar gerade mal dreißig (behauptet sie seit mindestens zehn Jahren), aber letztens habe ich mich total erschreckt, als ich sie durch die Siedlung hatschen sah. Die Arme geht gleich mit zwei Stöcken! Wobei – „arm" – das ist relativ! Die ist die gefährlichste Tratsche im ganzen Ort, sagte meine Exfrau immer. Und unser Ort ist gar nicht einmal so klein! Nach meiner Scheidung hat sie oft mit meiner Exfrau unter einer Decke gesteckt, rein symbolisch natürlich, und ich will gar nicht wissen, was da über mich geredet wurde. Teile davon wurden mir dann freundlicherweise eh zugetragen, das hat gereicht, dass ich meiner Exfrau sagen musste, wenn weiter so blöd herumgeredet wird, würde sie erfahren, was eine Unterlassungsklage kosten kann. Daraufhin habe ich nichts mehr gehört, was jetzt ja nicht unbedingt heißt, dass nichts mehr getratscht wird.

Jedenfalls grüße ich die blöde Kuh jetzt immer betont freundlich, wenn ich mit dem Auto vorbeifahre. Vor allem nach einem Regen, weil sich da in einer Mulde vor ihrem Haus so eine schöne Wasserlache sammelt. Und mein Auto hat ja ziemlich breite Reifen. Unterbodenwäsche nenne ich das.

Aber das Leben ist ja gerecht, denke ich mir. Ihr Mann büßt schon jetzt, der Arme steht so unter dem Pantoffel, dass er den Himmel auch am Tag nicht sieht. Ist seine zweite Ehe, da stehen die Männer meistens erst so richtig unter der Knute. Dafür haben die beiden jetzt zwei Töchter, und das werden *richtige* Zicken! Die kriegt ihre Strafe also schon noch. In den nächsten Jahren. Intrafamiliär.

So lange will ich aber eigentlich gar nicht warten. Na, dachte ich mir, die kommt schon noch mal in meine Gasse, das muss man nur erwarten können.

Also gehe ich letztens zum Zigarettenautomaten. Das sind fast zwanzig Minuten für einen sportlichen, älteren Herren, also für mich eine halbe Stunde. Das ist meine tägliche sportliche Betätigung. Da bin ich zuhause dann eh so außer Atem, dass ich gar keine mehr rauchen will. Ich sollte das als Antirauchprogramm vermarkten: Zigaretten nur zu Fuß holen, dann mag man eh keine mehr. Danke, der Tipp kostet 10,- EUR. Allemal effizienter als diese Schockbilder auf den Packungen. Die machen höchstens Gusta auf ein Beuschel mit Knödeln.

Das Wetter ist ja wieder besser geworden, in der Nacht hat es gewaltig geschüttet. Weltuntergangsgewitter. Aber die Welt steht doch noch, und ich brauch dringend Räucherstäbchen. Na, wenigstens hat der Regen aufgehört.

Wie ich also so am Weg zu den Ziga-Rettenden bin, da überholt mich meine „Lieblingsnachbarin". Und das, obwohl sie links und rechts so einen modernen Gehstock hat. Als ich meine Überraschung überwunden habe, grüße ich sie gewohnt freundlich:

„Guten Morgen, Sabrina! Was hast du dir denn getan?"

Sie grüßt zurück und fragt mich, was ich meine. Na, weil sie mit zwei Gehhilfen daher hatsche, antworte ich. Und das mit knapp Fünfzig!

Sie läuft rot an. Sie sei erst einunddreißig und das wären Walkingstöcke, erklärt sie mir. Oh klar, ja, ich könnte eh auch Englisch, aber durch das Übersetzen würden die Hatschknüppel auch nicht substantiell verändert, erkläre ich ihr todernst grinsend. Übrigens Gratulation zum Geburtstag, darauf hätte ich jetzt eh schon zehn Jahre gewartet, dass sie den Sprung vom Dreißiger zum Einunddreißigsten endlich wagt, drücke ich ihr mit meiner charmantesten Stimme rein und beschleunige meinen Schritt, um mit ihr mitzuhalten. Lange geht das nicht, die Furie schreitet ganz schön flott aus, ich muss mich beeilen mit meinen Komplimenten.

Sie klärt mich auf, dass das Walken das neue Laufen sei. Gesünder für den Kreislauf, man müsse es eben regelmäßig machen, nicht nur einmal die Woche. Aber das würde ich alter Antisportler vermutlich nicht verstehen.

Ohoho! Mutig ist sie heute! Ich frage sie, ob sie dabei ins Schwitzen komme? Natürlich würde sie das, erwidert sie! Und ihr Mann, will ich wissen, komme der auch noch öfter ins

Schwitzen? Muss auf die Dauer ja unheimlich heiß sein unter den Pantoffeln.

Ich weiß nicht – kommt ihr roter Kopf jetzt vom Walken oder vom Ärger? Das nicht zu wissen, reduziert meinen Spaß leider. Aber immerhin – das erste Mal, seit ich sie kenne, sehe ich sie sprachlos. Geht doch!

„Übrigens schöne Grüße von meiner Ex!"

Sie bedankt sich wortkarg.

„Keine Ursache!", plappere ich weiter. *„Sie meinte, wenn ich dich sehe, sollte ich dir unbedingt schöne Grüße ausrichten. Das würde ihr ersparen, dem ganzen Ort welche zu übermitteln, weil du das dann eh erledigtest."*

Ich bin mir sicher, dass sie meine Ex heute noch anruft. Vermutlich noch bevor sie sich nach dem Walken duscht. Innerlich grinse ich so breit, wie Sabrinas Hintern selbst nach einem Urlaub im All Inclusive Hotel oder den Weihnachtsfeiertagen nicht ist.

Ob das Walken auch gut für die Linie sei, will ich wissen. Weil man noch nichts davon merke. Aber was nicht ist, könne ja noch werden.

Sie beschleunigt abermals und wortlos. Da komme ich jetzt leider nicht mehr mit. Außerdem bin ich jetzt am Zigarettenautomaten. Ich hoffe, die Gute bekommt keinen Herzinfarkt.

Das würde dem Informationsaustausch im Ort einen gewaltigen Schlag versetzen.

Zuhause angekommen, versuche ich wieder zu Atem zu kommen, wobei mir eine Zigarette behilflich ist. Dann setze ich mich ins Auto und warte auf Sabrina. Bei dem Tempo müsste sie ja bald zurückkommen. Ich will ihr heute noch ein wenig helfen beim Duschen. Inklusive Gratisunterbodenwäsche.

Ich bin doch kein Pedant!

Mich würde ja interessieren, wie alt meine Leser im Schnitt sind. Davon hängt nämlich ab, ob sie sich in die folgende Geschichte versetzen können. Dazu braucht es einfach ein gewisses Mindestalter, Alter! (Falls euch jetzt nichts aufgefallen ist, seid ihr deutlich zu jung!) Sonst versteht ihr schon das mit dem Erschrecken beim Blick auf das Handy nicht mehr. Vom Rest ganz zu schweigen.

Ich weiß ja nicht, wie es euch üblicherweise morgens so geht, aber ich bin Frühaufsteher und freue mich auf jeden neuen Tag. Vermutlich weil ich mich an den letzten schon schlecht erinnere, man merkt sich im hohen Alter einfach nicht mehr alles so leicht. Egal! Meine Morgen laufen – soweit ich weiß – immer ähnlich ab.

Der Wecker klingelt ... gar nicht. Ich gehe mit der Zeit, und nutze den Weckdienst am Handy. Smartphones sind schon eine feine Sache. Ich habe es auf 5:57 Uhr programmiert und die Wiederholung auf 6:01 Uhr. Ich mag nämlich keine geraden Zahlen. Ist ein Spleen, ich weiß. Aber gerade Zahlen machen nur Schwierigkeiten. Versucht mal bei acht Leuten in einer Urlaubsgruppe eine Mehrheitsentscheidung herbeizuführen, in welches Restaurant man gehen soll, dann wisst ihr, was ich meine. Nein, ungerade Zahlen sind meine Freunde. Besonders Primzahlen, das sind nämlich ganz prima Zahlen, weil man die durch nichts teilen kann außer durch 1 und durch sich selbst. Sozusagen Egoistenzahlen. 557 und 601, also meine Weckzeiten, sind Primzahlen. Wenn ihr die Anzahl der Worte in diesem Buch zählt, werdet ihr feststellen, dass natürlich eine Primzahl herauskommt. Wenn ihr die Anzahl der Buchstaben zählt, ebenso. Das war gar nicht so leicht! Aber lest zuerst die Geschichte fertig, bitte!

Normalerweise läutet mein Handy allerdings gar nicht, weil ich sowieso ein paar Minuten vorher wach werde. Nein, das ist keine senile Bettflucht, ich kenn mich nur nicht gut genug aus am Smartphone, um den ätzenden Klingelton zu ändern, und daher werde ich schon vorher wach. Aus lauter Angst.

Ich werde also munter und nehme das Ding in die Hand. Das Handy! Meine Güte, woran denkt ihr schon wieder? Ich nehme es, damit ich den Wecker abstellen kann, bevor er läutet, alles klar? Da ich am Morgen immer etwas schlecht sehe, weil es auch noch nicht so hell ist, halte ich es dicht vor mein Gesicht. Das ist der Moment, wo ich das erste Mal erschrecke. Der Handybildschirm ist nämlich noch schwarz und ich sehe trotzdem das Foto eines ziemlich derangierten, älteren Herrn. Was macht der da? Dass die neuerdings Horrorbilder auf die Zigarettenschachteln drucken, weiß ich ja. Aber auf Handies? Verschlafen wie ich bin brauche ich ein paar Sekunden, bis mir klar wird: Das ist mein Spiegelbild! Alter! Wirklich! ALTER!

Ich bin auf einen Schlag hellwach und schwinge meine Beine (euer gedachtes „Gebeine" ist jetzt böse, das merke ich mir!) aus dem Bett. Immer das linke zuerst, nicht weil ich nicht abergläubisch bin, sondern weil links für mich ungerade und rechts gerade ist. Irgendwie halt. Abergläubisch bin ich übrigens wirklich nicht, das bringt nämlich nur Pech!

Dann mache ich das Bett. Sofort! Nicht erst irgendwann. Ich bin das so gewohnt, seit ich nicht beim Militär war sondern beim Zivildienst und meine eigene Wohnung hatte. Ich mag es nunmal ordentlich, bei mir liegen am Schreibtisch die Stifte auch immer nach Größe sortiert (gleich große nach Farbe von rot nach blau in der Reihenfolge der Regenbogenfarben) und genau parallel zur Tischkante ausgerichtet. So findet man auch immer alles gleich wieder, ein nicht zu unterschätzender Vorteil im Finstern. Wenn zum Beispiel der Strom ausfällt und ich suche einen Kugelschreiber, dann brauche ich nur hinzulangen und habe den gewünschten in der Hand. Wozu ich im Dunkeln einen Kugelschreiber brauche? Nicht kleinlich werden jetzt, ja?

Danach öffne ich das Fenster und richte den Vorhang davor wieder. Ich hasse es, wenn Vorhänge schlampig zugezogen sind! Das schaut so ... unordentlich aus. Das Leiberl, ich schlafe vom 1. Mai bis zum 1. Oktober immer im Leiberl, sonst immer im Bärenpyjama, den mir meine Frau geschenkt hat, lege ich zusammen und unter die Bettdecke, die ich dann immer nochmal glattstreifen muss. Vielleicht sollte ich das System überdenken und zuerst das Leiberl zusammenlegen und dann das Bett machen, aber dann wird mir eventuell kalt, und außerdem mag ich Veränderungen nicht so, nein, das Prozedere wird beibehalten. Änderungen wollen immer gut überlegt sein!

Es ist jetzt im Normalfalle 5:57 Uhr und ich freue mich, dass der Wecker, also das Mobiltelefon, von mir überlistet worden ist. Die erste Freude am neuen Tag, ist doch schön! Da kann ich beruhigt ins Bad gehen, ich brauche am Gang vor dem Schlafzimmer nicht einmal zu Boden sehen, um in meine Hauspantoffel zu steigen, weil die immer genau am selben Fleck stehen. Einmal hat sie mir einer meiner Söhne vertauscht, ich bemerkte es erst, als ich stolperte und über die Stiege hinunterfiel. Ich habe ihm dann rational und ruhig erläutert, dass solche Sabotageakte sehr schlimm enden können, was er auch gleich eingesehen hat.

Meine Frau hat mich ja verlassen, sie zog am 30. Dezember aus. Ich ersuchte sie vergebens, noch einen Tag zu warten, weil doch der 31. eine ungerade und sogar eine Primzahl wäre, und mir das immer Glück brächte. Sie sagte, sie hielte es mit einem solchen Pedanten keinen Tag länger aus. Nur weil ich ihr hie und da ihren Kleiderkasten aufgeräumt und ihre Blusen farblich geordnet habe. Sie meinte damals, das System wäre *„Sommer-Winter-Chaos"* nicht *„Rot-bis-Blau"*, so etwas Unlogisches!

Ich selbst habe ja genau vierzehn Hemden, je nach Muster und Farbe sieben kurzärmelige und sieben langärmelige. Heute ist Mittwoch, da ist das beige gestreifte dran. Einmal habe ich meine Arbeitskollegen ganz schön verwirrt, als ich am Donnerstag mit dem gelben Freitagshemd aufgekreuzt bin. Einer blieb am nächsten Tag glatt zuhause, weil er glaubte, es sei schon Wochenende. Manchmal bin ich ein richtiger

Schalk, hihi! Urlaub mache ich ja nicht so gerne, das bringt mir meinen Rhythmus immer total durcheinander. Also nehme ich ihn mir halt, weil wir das müssen, und bin dann trotzdem in der Firma. Ich bin bei meinem Chef sehr beliebt, wirklich!

Um Gottes Willen, wie sieht das Bad heute aus? Das Handtuch hängt total schief, sowas hasse ich. Da muss ich mit meinen Söhnen mal wieder ein ernstes Wort reden. Heute sind sie ja nicht da, ich habe sie gestern Nacht zu einem Freund gebracht, wo sie eine Party feiern. Dass mir das mit dem Handtuch beim Zubettgehen nicht aufgefallen ist, liegt wohl daran, dass ich da im Bad nie das Licht aufdrehe. Das im Vorhaus reicht ja, und man muss eben sparen, wo es geht. Mein Kreditkonto steht auf minus 35437,- EUR, natürlich eine Primzahl, und bis ich da auf null bin, wird das noch etwa elf Jahre, drei Monate und sieben Tage dauern. Schon wieder lauter Primzahlen, lustig! Ich zahle auch immer Primzahlbeträge zurück. Wenn sich dann wieder eine Primzahl ergibt, was maximal jedes zweite Mal passiert, weil Primzahl minus Primzahl ja immer eine gerade Zahl ergibt, dann mache ich zur Feier des Tages schon auch mal ein Flascherl auf, obwohl ich sonst selten Alkohol trinke! Der 2011er Sauvignon Blanc ist schon eingekühlt. 2011 ist nämlich auch eine Primzahl.

Dann frühstücke ich jetzt mal, ja? Am Siebten eines Monats gibt es immer einen Apfel und ein Glas Orangensaft. Früher habe ich ja jeden Arbeitstag das Gleiche gefrühstückt, aber eine Bekannte riet mir, etwas spontaner und auch abwechslungsreicher zu werden. Also gibt es jetzt an geraden Tagen eine Banane und vier Minuten gezogenen Schwarztee mit einem gestrichenen Teelöffel Honig und an ungeraden eben einen Apfel und Orangensaft. Das wäre nicht spontan? Ha, Irrtum! Wenn auf den 31. zum Beispiel der 1. folgt, dann gibt es zweimal Apfel, das ist total spontan und passiert nur sieben Mal im Jahr plus einmal alle vier Jahre, wenn der Februar neunundzwanzig Tage hat, also im Schnitt siebenkommafünfundzwanzig Mal pro Jahr! Deswegen mag ich Schaltjahre auch nicht. 366 ist eine gerade Zahl und Ende Februar kommt dann immer auch noch mein Speiseplan durcheinander.

Wie gesagt trage ich ja meistens Hemden. Aber ich habe auch zwei T-Shirts. Meine Bekannte bestand darauf, dass ich die nicht in die Hose stopfe sondern heraushängen lasse. Seitdem trage ich fast nur noch meine Hemden, der Hosenbund kratzt sonst so. Und dazu Jeans und Sandalen. Also im Sommer halt. Ich liebe Sandalen. Meine Bekannte riet mir dringend, dazu keine Socken zu tragen. Furchtbar! Hab' das einen Tag probiert und bin mit den Sohlen dauernd angepickt. Ich habe mir dann Socken bestellt, die ein Design drauf haben, das aussieht wie nackte Füße, jetzt sagt sie nichts mehr. Gewusst wie, nicht wahr? Nur verkehrt anziehen darf man sie nicht. Da haben meine Kollegen einmal gelacht, bis der Chef aus seinem Büro kam, weil er sich den Lärm nicht erklären konnte.

Um 6:31 (631 ist eine Primzahl, aber das habt ihr schon erraten, oder?) steige ich in mein Auto. Das steht heute woanders, weil der Nachbar Besuch und dieser meinen Parkplatz gestohlen hat. Ich konnte ewig nicht einschlafen deswegen!

Ich hoffe, sein Besuch haut bald wieder ab, sonst muss ich mir etwas überlegen.

Deswegen bin ich auch um dreißig Sekunden zu spät dran und Gernot begegnet mir mit seinem roten Corsa schon eine Kurve früher. Der kommt sonst immer genau bei Kilometerstein elf entgegen, heute war es schon bei zehnkommafünf und jetzt haben wir den Salat! Hat mir meinen Außenspiegel abrasiert, der Dolm! Ich bleib jedenfalls nicht stehen, bin eh schon dreißig Sekunden zu spät. Alles nur wegen meines Nachbarn! Daran sieht man mal wieder, dass Ordnung durchaus seinen Sinn hat und jede Abweichung davon höchst gefährlich ist. Von wegen spontan! Ab heute gibt es wieder jeden Tag Apfel. Und wenn ich sechzig bin, wird auf Apfelmus umgestellt. Das muss zum Thema Spontaneität für den Rest des Lebens reichen.

Was ich von Beruf mache? Stimmt, das habe ich ja noch gar nicht erwähnt. Ich bin Psychologe in einem großen Unternehmen und spezialisiert darauf, den Leuten zu einem zufriedeneren Leben zu verhelfen. Ein sehr schöner Beruf, wirklich!

Ihr habt mittlerweile die Worte und Buchstaben in diesem Buch tatsächlich gezählt? Sagt mir bitte das Ergebnis. Wäre lustig, wenn es echt Primzahlen sind. Ich hab' da vorhin nämlich nur gescherzt, bin halt auch ein Schalk, hihi!

Impressum:

Inhalt © Dipl. Ing. Günter Leitenbauer

Email: guenter@leitenbauer.net

ISBN: 9783741242601

Herstellung und Verlag:

BoD - Books on Demand, Norderstedt

Jede Adaptierung, Aufführung oder andere Verwendung, auch auszugsweise, nur mit schriftlicher Genehmigung des Autors!